Alt werden ist ein Glück

Eine Liebeserklärung
an die zweite Lebenshälfte

Ausgewählt und zusammengestellt
von Claudia Peters

Inhaltsverzeichnis

Liebe Leserin und lieber Leser,

vielleicht denken Sie, der Titel dieses Buches „Alt werden ist ein Glück" ist eine kühne Behauptung und assoziieren mit Altwerden vor allen Dingen graue Haare, Altersflecken, dritte Zähne, Rollatoren und Vergesslichkeit. Tatsächlich tickt die biologische Uhr unaufhaltsam, und das Leben hinterlässt Spuren. Aber eine einseitige Sicht und Bewertung von dem, was sich im Alter ändert, wird dieser Lebensphase nicht gerecht. Altern bedeutet viel mehr als diese gefürchteten rein körperlichen Veränderungen. Und selbst diese lassen sich anders bewerten, denn sie sind schließlich der Beweis für die Reise, die wir durch unser Leben gemacht haben. Jede Falte, jede Narbe oder graue Strähne erzählt eine Geschichte über die einzelnen Kapitel unsers Lebens. Dieses Buch möchte Sie einladen, das Leben in all seinen Facetten zu schätzen und jede Etappe auf der Lebensreise – auch den Lebensabend – zu genießen und vor allem zu ehren.

Altern ist eine Möglichkeit, das Leben aus einer neuen, einzigartigen Perspektive zu betrachten. Wir Alten können auf einen großen Schatz von Lebenserfahrung und damit auf Weisheit und Gelassenheit zurückgreifen. Wir müssen uns nichts mehr beweisen, nicht um eine Stellung, einen „Rang im Rudel" kämpfen, müssen nicht mehr angesagten Schönheitsidealen hinterherrennen. Überhaupt lässt das Rennen und Hetzen von Termin zu Termin nach. Sind das nicht wunderbare Aussichten?

Lassen Sie sich inspirieren, das Altwerden als Zeit der geistigen Reifung und des persönlichen Wachstums zu betrachten. Pflegen Sie Ihren Humor, statt Verbissenheit und Perfektionismus. Das Leben ist noch nicht vorbei!

Denn: Jetzt ist endlich Zeit für die Pflege sozialer und familiärer Kontakte; Zeit, sich selbst Gutes zu tun; Zeit, Träume aus der ‚Mitte des Lebens' endlich wahrzumachen, zum Beispiel das Erlernen eines neuen Instrumentes, einer neuen Fremdsprache, ehrenamtliches Engagement in der Gemeinde, das Mitsingen im Chor, Mitmachen in einer Laufgruppe, Reisen zu unternehmen ... – das alles ohne Leistungsdruck, sondern allein aus Freude und Interesse an der Sache. Sie sehen, die Zeit, die wir im Leben haben, lässt sich jederzeit nutzen.

Das Geheimnis, Alter als Glück zu empfinden, besteht wohl darin, keine Widerstände gegen Veränderungen jeglicher Art zu hegen. Wenn wir uns darauf einlassen, dass sich manches (oder vieles) ändern darf, nicht nur das Aussehen (aber auch), ersparen wir uns viel Leiden. Das ist wohl die große Kunst. Annehmen, was sich nicht ändern lässt, fünf gerade sein lassen, seinen Humor nicht verlieren, sondern pflegen, und, statt zu grübeln und zu hadern mit dem, was nicht mehr geht, das zu sehen, was noch alles geht und was erst jetzt geht!

Es kommt sehr auf die Sichtweise an!

Ich wünsche Ihnen von Herzen, dass Sie nicht nur insgeheim denken, „ich will nicht mehr 20 sein“, sondern selbstbewusst zu Ihrem Altwerden, Ihrem Alter stehen und durch Ihr Annehmen dieses Entwicklungsschrittes andere überzeugen und mit Ihrer Lebensfreude anstecken – und spüren dürfen: Alt werden ist ein Glück!

Herzlichst, Ihre
Claudia Peters

Die jungen
Alten

ALT HALT

Alte Freunde sind ein Segen,
alte Liebe rostet nicht,
alte Bäume längs an Wegen
sind sehr gut bei zu viel Licht,

alte Städte schön zum Laufen,
alte Weine ein Genuss,
Altstadtkneipen schön zum Saufen,
wenn man nicht noch fahren muss.

Alte Hasen, die sind wendig,
alte Riten wurzeln tief,
altes Fachwerk ist beständig
und noch stattlich krumm und schief.

Alter Gouda hat Aroma,
alte Weisheit immer Recht,
goldig ist die alte Oma
und ihr Kuchen auch nicht schlecht.

Alte Meister sind unschlagbar,
altes Holz ist stark und fest,
alter Wald unüberragbar,
wenn man ihn nur wachsen lässt.

Alt ist toll, ist wert und teuer,
kostbar so wie Edelstein,
freu mich jetzt schon ungeheuer,
nicht mehr ewig jung zu sein!

Jörn Heller

GEHEIMNIS

Herr Gott,
du und ich, wir haben ein Geheimnis.
Das Altwerden bringt einiges mit sich,
was Spaß macht.
Wir müssen uns nicht mehr von der Welt plagen lassen.
Die Leute übersehen uns.
Wir brauchen nicht mehr den Schein zu wahren,
sondern können auf kindliche Freuden
zurückgreifen:
Zusehen, wie eine Spinne ein Netz webt.
Vor einem Licht Schattenbilder an die Wand werfen.
Statt einer Hauptmahlzeit Kompott mit Sahne essen.
Die ganze Nacht wach bleiben.
Sterne zählen.
Trödeln.
Zu Hause bleiben und mit alten Freunden Schach spielen.
Einen verrückten Hut tragen.

Warum hast du mir nicht verraten,
dass das Altwerden neben allem,
was ich daran hasse,
auch manches Vergnügen mit sich bringt?

Ach, ich weiß:
Weil ich es nie geglaubt hätte.

Elise MacLay

Ich habe ein Alter erreicht, in dem ich dann,
wenn mir jemand sagt, ich solle Socken tragen,
das nicht tun muss.

Albert Einstein

MEHR DENN JE

Was heißt das nur, ich werde alt
was heißt das nur, wie soll ich es empfinden
ich kann den Morgenhimmel in mir finden
und Frühlingsstürme – mehr denn je

Was heißt das nur, ich werde alt
was heißt das nur, wie soll man es verstehen
ich kann wohl meine Hände altern sehen
doch schön ist das Berühren – mehr denn je

Mein Körper ist mir Freund
und meine Haut genießt den Wind wie eh und je
und all das, was ein reifer Mensch
nicht mehr zu fühlen hat
das fühl ich mehr denn je

Was heißt das nur, ich werde alt
was heißt das nur, wie soll ich es empfinden
ich kann so viel Verwirrung in mir finden
und ungeduldig bin ich – mehr denn je

Was heißt das nur, ich werde alt
was heißt das nur, wie soll man es verstehen
des Lebens Spuren kann ich auf mir sehen
doch geh ich neue Wege – mehr denn je

Mein Haar das ist schon grau
doch weht der Wind mir's Gesicht wie eh und je
und all das was ein reifer Mensch
nicht mehr zu denken hat
dran denk ich mehr denn je

Was heißt das nur, ich werde alt
was heißt das nur, wie soll ich es empfinden
ich kann den Morgenhimmel in mir finden
und Frühlingsstürme – mehr denn je

Erika Pluhar

WAS WIRKLICH ZÄHLT

Wie alt du bist
entscheidet keine Zahl
was zählt sind
deine strahlenden Augen
dein lachender Mund
deine tanzenden Füße
deine Sinne voller Leichtigkeit
und Lebensfreude
deine Fähigkeit das Glück zu genießen
zu teilen und zu verschenken

Marion Schmickler-Weber

Jugend hat kein Alter

Pablo Picasso

WANN BIST DU ALT?

Ein Spiegel hängt in deinem Zimmer,
du stehst davor, das Haupt geneigt
und seufzest, weil ein grauer Schimmer
sich an deiner Schläfen zeigt.

Beim Lesen streikt dir die Pupille,
und neue Zähnchen brauchst du bald –
du seufzt und murmelst in der Stille:
Ach ja, ich werd nun langsam alt.

Du seufzt und solltest lieber schmunzeln,
kriegt auch dein Haar einen Silberstich
und deine Stirne ein paar Runzeln,
das ist doch alles äußerlich.

Manch einer ist vielleicht erst zwanzig
und außen herrlich von Gestalt,
doch innen schwunglos, trocken, ranzig
und miesepetrig, – das ist alt!

Natürlich kannst du nicht mehr wachsen
mit sechzig, – aber immerhin –
so lang du für Humor und Faxen
und Zärtlichkeiten hast 'nen Sinn.

So lange deine Augen glänzen
im Feuer der Begeisterung,
bist du mit deiner (sechzig) Lenzen
trotz Brille und Gebiss – noch jung!

Verfasser unbekannt

Alter ist eine Frage des Geistes
und nicht der Materie.
Wenn es dir nichts ausmacht,
spielt es auch keine Rolle.

Mark Twain

DU BIST SO JUNG WIE DEINE ZUVERSICHT

Jugend ist nicht ein Lebensabschnitt,
sie ist ein Geisteszustand.
Sie ist Schwung des Willens,
Regsamkeit der Fantasie, Stärke der Gefühle,
Sieg des Mutes über die Feigheit,
Triumph der Abenteuerlust über die Trägheit.
Niemand wird alt, weil er eine Anzahl Jahre
hinter sich gebracht hat. Man wird nur alt,
wenn man seinen Idealen Lebewohl sagt.
Mit den Jahren runzelt die Haut,
mit dem Verzicht auf Begeisterung
aber runzelt die Seele.
Sorgen, Zweifel, Mangel an Selbstvertrauen,
Angst und Hoffnungslosigkeit,
das sind die langen, langen Jahre,
die das Haupt zur Erde ziehen
und den aufrechten Geist in den Staub beugen.
Ob siebzig oder siebzehn,
im Herzen eines jeden Menschen wohnt
die Sehnsucht nach dem Wunderbaren,

das erhebende Staunen beim Anblick
der ewigen Sterne und der ewigen Gedanken
und Dinge, das furchtbare Wagnis,
die unersättliche kindliche Spannung,
was der nächste Tag wohl bringen möge,
die ausgelassene Freude und Lebenslust.
Du bist so jung wie deine Zuversicht,
so alt wie deine Zweifel
so jung wie deine Hoffnung,
so alt wie deine Verzagtheit.
Solange die Botschaft der Schönheit,
Freude und Größe der Welt,
des Menschen und des Unendlichen,
dein Herz erreichen, solange bist du jung.
Erst wenn die Flügel nach unten hängen
und dein Herz vom Schnee des Pessimismus
und vom Eis des Zynismus bedeckt ist,
dann erst bist du wahrhaft alt geworden.

Albert Schweitzer zugeschrieben

DAS ALTER

Ewig fliegt man nicht als Falter,
eines Tages kommt das Alter.

Aus dem Falter wird die Falte,
aus dem Schnucki wird die Alte.
Aus dem Jüngling wird der Greis,
ewig ist nur der Verschleiß.

Gestern noch mit flotten Flügeln,
heute sind die Runzeln da.
Da hilft kein kosmetisch bügeln,
da hilft keine AOK.

Wer mit flinkem Fuß gewippt hat,
schlurft nun – mit knarrendem Gelenk.
Und du merkst auf einmal deutlich:
Man ist älter als man denkt.

Auf des Lebens grüner Wiese
ist das duft'ge Gras gemäht,
abseits jeder Jugendkrise
lebt man funkstill und Diät.

Soll man flennen nun und jammern
weil man nun mehr ausgeschirrt,
soll man sich an früher klammern,
weil man täglich klammer wird?

Ist in dieser engen Runde
auch die Welt nicht mehr so bunt,
Freundchen auch die Abendstunde
hat noch manchmal Gold im Mund.

Sei vor'm Alter nicht so feige,
ändre einfach dein Programm.
Spielt man nicht mehr erste Geige,
bläst man eben auf dem Kamm.

Verfasser unbekannt

Viele Menschen werden vielleicht deshalb
nicht achtzig, weil sie zu lange versuchen,
vierzig zu bleiben.

Salvador Dalí

WIR WERDEN ÄLTER UND BLEIBEN DOCH KIND

Wir werden reicher von Jahr zu Jahr
Die Seele wird allmählich klar
Die Ziele vernünftig und übersichtlich
Die Wünsche auch endlich einmal richtig
Wir wissen im Grunde, worum es geht
Und dass man im Leben nicht alles versteht
Man muss es auch nicht, darauf kommt es nicht an
Wenn man nur täglich noch staunen kann
So werden wir älter und bleiben doch Kind
Solang wir nur fröhlich und neugierig sind

Doris Bewernitz

IM PARK

Wie hundertalt und groß
Der Bäume Stehn und Schweigen –
Als wie von Ewigkeit
Licht im verschlungnen Zweigen.
Und wer bin ich – wer du?
Ein Mensch im Weitergehen,
Dem wolkenweiß und -leicht
So Zeit wie Tag vergehen.

Und doch: der Herzschlag zählt,
Der Einst zum Nun begleitet
Und selbst verborgnem Dann
Die Lebensspur bereitet –
Und doch: es zählt die Kraft,
Die Glück als Glück empfindet,
Wir sind nicht alt, solang
Uns keine Stunde schwindet.

Albrecht Goes

Wer die Gottesgabe der Begeisterung besitzt,
der wird wohl älter, aber niemals alt.

Johann Gerhard Oncken

DA KOMMT MIR EBEN SO EIN FREUND

Da kommt mir eben so ein Freund
Mit einem großen Zwicker.
„Ei“, ruft er, „Freundchen, wie mir scheint,
Sie werden immer dicker.
Jaja, man weiß oft selbst nicht wie,
So kommt man in die Jahre;
Pardon, mein Schatz, hier haben Sie
Schon eins, zwei graue Haare!“ –
„Hinaus, verdammter Kritikus,
Sonst schmeiß’ ich dich in Scherben.
Du Schlingel willst mir den Genuss
Der Gegenwart verderben!“

Wilhelm Busch

Alte Weisheit

"s' ist schlimm,
wenn man alt wird", das Alter spricht,
"aber schlimmer ist es,
man wird es nicht!"

Heinz Erhardt

Das Beste
am Älterwerden

DAS BESTE AM ÄLTERWERDEN: SIEBEN GRÜNDE ZUR VORFREUDE

Wir werden alle älter – dabei bedeutet Altern nicht, die Zeit weniger zu genießen. Denn wir altern heute besser als früher und haben eine höhere Lebenserwartung. Heutzutage profitieren wir im Alter von einem besseren Gesundheitszustand, unsere Denkleistung nimmt weniger schnell ab, und soziale Kontakte bedeuten uns mehr. Deshalb fängt für Sie zwischen sechzig und achtzig Jahren eine neue Lebensphase an, in der Sie Ihre Sehnsüchte ausleben und Ihre Träume erfüllen können. Ob Reisen, neue Hobbys oder Zeit mit Familie und Freunden: Das Beste am Älterwerden ist, dass nun die Zeit gekommen ist, in der Sie frei entscheiden, was Sie erleben möchten.
Es gibt viele Gründe, sich aufs Alter zu freuen. Hier sind einige davon:

1. Zeit frei gestalten und genießen

Ihre Kinder sind erwachsen, und mit der Rente beginnt jetzt Ihre Zeit der Selbstverwirklichung. Mehr Zeit für sich selbst ist wohl einer der Hauptgründe, sich auf das Alter zu freuen. Genießen Sie es, dass Sie keine ständigen Lebensentscheidungen mehr treffen müssen. Endlich können Sie sich Ihren Tag frei einteilen und haben Zeit, Dinge zu tun, die früher zu kurz gekommen sind: Sich im Garten ausleben, eine neue Fremdsprache oder ein Musikinstrument lernen, liegen gelassene Hobbys und alte Leidenschaften wieder entdecken oder reisen. Auch kleine Kurzurlaube erweitern den Horizont und sorgen für Entspannung und Wellness.

Sie haben auch wieder Zeit, ein spannendes Buch zu lesen, im Wald spazieren zu gehen, alte Fotoalben durchzublättern und in Erinnerungen zu schwelgen oder neue Erinnerungen zu schaffen. Warum nicht einmal einen Trommelkurs oder ein Fotografie-Seminar besuchen? Die Volkshochschulen bieten ein großes Kursangebot an. Es gibt sicherlich viele Dinge, die Sie schon immer ausprobieren wollten. Verwirklichen Sie Ihre Träume, denn dafür ist es nie zu spät.

2. Mit mehr Gelassenheit durchstarten

Das Beste am Älterwerden ist, dass Sie Ihren Alltag gelassen und mit viel Leichtigkeit bestreiten können. Freuen Sie sich darauf, Ihren Tagesablauf als Rentner abwechslungsreich zu gestalten – ganz wie Sie möchten. Sie können morgens ganz entspannt ausschlafen und Ihre Termine frei wählen. Gehen Sie in Ruhe einkaufen, außerhalb der Stoßzeiten. Jetzt haben Sie Zeit, sich auf dem Markt mal länger mit den Verkäuferinnen und Verkäufern zu unterhalten. Sie haben die Freiheit, alle Besorgungen mitten am Tag zu erledigen, statt vor oder nach den gängigen Arbeitszeiten.

Viele Menschen werden mit dem Alter gelassener, sie lassen sich nicht mehr so leicht aus der Ruhe bringen. Senioren sind in schwierigen Situationen entspannter. Denn zum einen können sie auf viele Erfahrungen zurückgreifen, die bei der Lösung von Problemen helfen, zum anderen haben sie im Alter weniger

Verpflichtungen. Damit gehen auch weniger Erwartungen einher und Sie profitieren von einer inneren Unabhängigkeit.

3. Zufriedener und selbstbewusster leben

Eine weitere positive Seite des Älterwerdens ist das gesteigerte Selbstbewusstsein. Denn im Vergleich zur Jugend, ist es mit zunehmendem Alter nicht mehr so wichtig, was andere über einen denken. Studien bestätigen, dass Menschen im Alter zufriedener sind und weniger unter negativen Gefühlen wie Angst und Wut leiden.

Sie haben sicherlich auch bemerkt, dass Zufriedenheit und Selbstbewusstsein mit der Lebenserfahrung kommen. Immerhin haben Sie einiges erlebt und erreicht und können sich selbst und Ihre Fähigkeiten besser einschätzen. Senioren, die das Alter annehmen und ihre Ziele an das Älterwerden anpassen, sind zufriedener als Menschen, die verpassten Chancen hinterher trauern. Viele Menschen über 60 sind zufrieden, gesund und fröhlich, denn sie sehen die positiven Seiten des Alters und freuen sich auf die neuen Möglichkeiten, die sich ihnen bieten. Sie haben ein gesundes Selbstvertrauen, da sie über die Jahre Strategien und Fähigkeiten entwickelt haben, mit schwierigen Situationen umzugehen und Probleme zu bewältigen.

4. Eine neue Rolle einnehmen

Mit den Jahren kommen nicht nur Selbstbewusstsein und Gelassenheit, sondern auch die Weisheit. Im Alter blicken Sie auf Ihre Lebenserfahrung zurück: Sie haben vieles im Leben gelernt und durchgemacht. Viele ältere Menschen sind oft kompromissfähiger und allgemein verständnisvoller gegenüber ihren Mitmenschen.

Gehören Sie auch zu den Senioren, die mit zunehmendem Alter mehr Verständnis für unterschiedliche Werte und Ansichten aufbringen? Dann haben Sie und Ihre Verwandten sicherlich schon bemerkt, dass Sie besser zwischen Freundinnen und Freunden oder Verwandten vermitteln können. Diese positive Seite des Älterwerdens ist nicht nur für Ihre Liebsten ein Gewinn, auch Sie können sich auf das Alter und Ihre neue Rolle freuen, in der Sie Ihre Erinnerungen und Lebensweisheiten teilen.

5. Das Glück, Oma und Opa zu sein

Zeit mit Familie und Freunden zu verbringen, gemeinsam zu lachen, zu essen und sich auszutauschen, tut gut. Wärme, Liebe und Nähe anderer Menschen brauchen wir in jedem Alter! Soziale Kontakte zu pflegen und Zeit mit Freunden und Familie zu verbringen sind also weitere Gründe, mit Freude Richtung Älterwerden zu blicken.

Ohne Verpflichtungen im Job und in der Kindererziehung können Sie die Zeit mit Ihren Enkelkindern und Ihrer Familie gelassen genießen. Als Großeltern bereiten Ihnen Fragen zur Kindererziehung keine schlaflosen Nächte mehr, sie sind viel entspannter und können eine große Stütze für Ihre Kinder sein. Haben Ihre Kinder gerade Stress im Beruf und wenig Zeit, bieten Sie sich doch einfach an, einen schönen Ausflug mit Ihren Enkelinnen und Enkeln in den Zoo oder ins Schwimmbad zu unternehmen.

Sie haben keine Enkelkinder? Viele Familien suchen nach Leihomas und -opas als alternative Kinderbetreuung. Es gibt sogar die Möglichkeit, im Alter über ein Au Pair-Programm ins Ausland zu gehen. Großeltern, auch wenn sie nur geliehen sind, unterstützen den Familienalltag und stehen mit Rat und Tat zur Seite. Für die soziale Entwicklung von Kindern ist der Umgang mit Menschen höheren Alters eine Bereicherung. Die Caritas, die Diakonie oder der Kinderschutzbund helfen gern bei der Vermittlung.

6. Herzensangelegenheiten umsetzen

Familie und Arbeit sind für viele Jahrzehnte der zentrale Bestandteil unseres Lebens, und es bleibt wenig Zeit, der Gesellschaft etwas zurückzugeben. Erst mit dem Älterwerden finden viele Menschen Zeit für soziales Engagement. Daher engagieren sich viele Senioren ehrenamtlich und holen die Herzensangelegenheiten nach, die sie zuvor nicht geschafft haben. Unser Tipp: Besuchen Sie Ehrenamtsbörsen und finden Sie heraus, welche Herzensangelegenheit Sie unterstützen möchten. So können Sie Lebenserfahrung und Wissen in vielfältigen Projekten weitergeben, wie zum Beispiel:

Ehrenamtliche Arbeit mit Kindern und Jugendlichen: Beispielsweise als Lesepatinnen und -paten, Nachhilfelehrerinnen und -lehrer oder Mentorinnen und Mentoren für den Übergang von Schule zum Beruf.

Senioren helfen Senioren: Kümmern Sie sich um ihre älteren Mitmenschen, indem Sie gemeinsam spazieren gehen, Karten spielen oder bei der Versorgung von Haustieren helfen. Manchmal reicht auch ein offenes Ohr für Sorgen und Ängste.

Ehrenamt im Umwelt- und Tierschutz: Auch dem aktiven Naturschutz können Sie jetzt Ihre Zeit widmen. Gerade durch den Klimawandel rückt dieses Thema stärker in den Fokus vieler Menschen. Fragen Sie einfach bei Umweltorganisationen oder Tierschutzvereinen nach einer ehrenamtlichen Beschäftigung.

Weitere Anlaufstellen: Auch in der Obdachlosenhilfe, in Kleiderkammern und in der Flüchtlingshilfe engagieren sich viele Senioren.

7. Vergünstigungen und Rabatte

Manche finden das Beste am Alter ist die freie Zeit für Kultur und Spaß, andere freuen sich über die vielen Vergünstigungen. Als Senior können Sie beides miteinander verbinden. Jetzt stehen Theater-, Museums- und Zoobesuche auf Ihrem Plan – und mit einem Rentnerausweis können Sie das Kultur- und Freizeitangebot Ihrer Umgebung zu günstigeren Preisen wahrnehmen.

Freuen Sie sich auch auf Vergünstigungen beim Eintritt ins Kino und zu Fußballspielen oder auch in der Bibliothek. Auch Zug- und Urlaubsreisen sind durch günstigere Tickets für Senioren erschwinglicher. Außerdem sind Sie zeitlich flexibel und können in der Nebensaison verreisen.

Tipps für die Vorbereitung auf das Älterwerden

Es gibt viele gute Gründe, sich auf Ihre Zukunft im Alter zu freuen. Gerade wenn Sie noch fit und aktiv sind, können Sie die Rente in vollen Zügen genießen. Hier ein paar Tipps für Sie, wie Sie sich auf die bevorstehenden

Jahre als Senior vorbereiten und dem Alter entspannt entgegenblicken können:

Gesunde Ernährung: Eine gesunde Ernährung im Alter ist besonders wichtig. Denn gesunde Lebensmittel wie frisches Obst und Gemüse enthalten viele Mineralien und Vitamine, die Ihr Körper braucht, um fit zu bleiben.

Gedächtnis trainieren: Das Gehirn ist wie ein Muskel, der trainiert werden möchte – vor allem mit fortschreitendem Alter. Stimulieren Sie Ihr Gedächtnis mit Lesen, Sprachen lernen, Koordinationsübungen oder auch Kreuzworträtseln. So bleiben Sie geistig fit im Alter.

Körperliche Bewegung: Neben dem Geist ist auch die körperliche Fitness im Alter nicht zu unterschätzen. Um in Ihrer freien Zeit noch reisen und wandern zu können, sollten Sie sich aktiv bewegen.

Soziale Kontakte: Pflegen Sie weiterhin Ihre sozialen Kontakte. Gemeinsame Gespräche und Interessen stärken Ihre Beziehungen und Ihr Wohlbefinden.

Entspannung und Wellness: Gönnen Sie sich auch mal eine Auszeit und erholen Sie sich vom alltäglichen Stress. Mit Wellness für Senioren tanken Sie Ihre Energiereserven wieder auf.

Fazit

Es gibt viele gute Gründe, sich auf die Zukunft und das Älterwerden zu freuen und noch so viel zu entdecken. Denn alt werden bedeutet nicht, dass Ihr Leben langweilig wird. Ganz im Gegenteil: Sie haben jetzt die Zeit, Ihre Träume aus der Jugend zu verwirklichen, Neues auszuprobieren und sich um Ihre Liebsten zu kümmern. Nutzen Sie alle Möglichkeiten, die sich Ihnen mit der neu gewonnenen Freiheit bieten! Entscheidend ist nicht die Anzahl der Jahre, sondern das, was Sie täglich in Ihrem Leben unternehmen, die Menschen, mit denen Sie Ihre Zeit verbringen und wie Sie Ihre Fähigkeiten einsetzen.

Georg Schenk

Leben wird nicht bemessen an der Zahl der Atemzüge, die wir nehmen, sondern an den Momenten, die uns den Atem nehmen.

LEBENSKUNST

Der zu bleiben, der man ist,
zumindest ungefähr,
um ein bisschen das zu werden,
was man gerne wär.

Zukunftshungrig vorwärts blicken,
Altes überwinden,
sich mit seinen kleinen Träumen
immer neu erfinden.

Jörn Heller

SO LANGE IST MAN JUNG

Ich habe immer geglaubt, mit 80 wäre man alt.
Aber jetzt bin ich anderer Ansicht.
Es gibt Zeiten, in denen ich mich wie ein Junge fühle.
So lange man im Stande ist, zu bewundern
und zu lieben, so lange ist man jung.
Und es gibt viel zu bewundern und zu lieben!

Pablo Casals Worte mit über 93 Jahren.
Als einer der bedeutendsten Cellisten des 20. Jahrhunderts übte er auch als Neunzigjähriger noch täglich vier bis fünf Stunden Cello. Auf die Frage "Wozu?", antwortete er: "Weil ich den Eindruck habe, ich mache Fortschritte."

Am Ende des Lebens gehen
dem gefassten Geiste Gedanken auf.
bisher undenkbare;
sie sind wie selige Dämonen,
die sich auf den
Gipfeln der Vergangenheit niederlassen.

Johann Wolfgang von Goethe

Vor nichts muss sich das Alter mehr hüten,
als sich der Lässigkeit und Untätigkeit hinzugeben.

Marcus Tulius Cicero

JUGEND

Die Jugend ist kein Vorbehalt der Jahre,
kein Paradies, das sich dem Greis verschließt,
jung kann der Alte sein am Rand der Bahre,
und alt der Jüngling, den die Welt verdrießt.

Grau kann das Haar sein, jugendlich das Denken,
gebückt der Gang, lebendig Herz und Geist;
denn Jugend ist das tägliche Versenken
in jenes Glücksgefühl, das Leben heißt.

Hermann Schmider

JUNGBRUNNEN

Einfach grundlos herzlich lachen,
kichern wie ein kleines Kind,
zwischendurch mal Unsinn machen
ohne einen tieferen Sinn.

Forsch in frische Pfützen springen,
barfuß über Wiesen rennen,
frohgemut ein Liedchen singen,
ohne Hemmungen zu kennen.

Bunte Seifenblasen jagen,
weiße Wolkenbilder finden,
wilde Purzelbäume schlagen,
hilft das Altsein überwinden.

Marion von Vlahovits

Alt sein ist ja ein herrliches Ding,
wenn man nicht verlernt hat,
was anfangen heißt.

DER FALTER

Es war einmal
ein alter Falter,
er war ein
Altersheimverwalter.

Er flatterte
müde und matt
von einem Blatt,
zum nächsten Blatt,
auf denen alte Falter saßen
und appetitlos Blätter fraßen.

Eines Tag's flog eine schnelle,
blauglitzernde, große Libelle
und sagte: „Walter!",
denn so hieß der alte Falter,
„ich will dich ja nicht gern bemuttern,
doch Falsches gibst du ihnen zu futtern!
Nicht Blätter sollen sie haben zur Speise,
sondern Nektar, und auf diese Weise
sollen sie kosten des Himmels Süße!"

Dann flog sie davon
und schickte Grüße.

Anna Tomczyk

Im Alter geht es darum, durch meine Lebensgeschichte und durch meine Lebensträume, die ich von früher Kindheit an hatte, meine eigene Einmaligkeit zu entdecken, das, was mein wahres Wesen, mein authentisches Selbst ausmacht.

Anselm Grün

Wir werden nicht jeden Tag älter, sondern jeden Tag neu.

Emily Dickinson

DAS GRAUE HAAR

Ein welkes Sommerblatt fiel mir zu Füßen.
– Dein erstes graues Haar. Es sprach zu mir:
Mai ist vorbei. Der erste Schnee lässt grüßen.
Es dunkelt schon. Die Nacht steht vor der Tür.

Bald wird der Sturmwind an die Scheiben klopfen.
Im Lindenbaum, der so voll Singen war,
Hockt stumm und düster eine Krähenschar.
Hörst du den Regen von den Dächern tropfen?

So sprach zu mir das erste graue Haar.
Da aber ward ich deinen Blick gewahr,
Da sah ich, Liebster, lächelnd dich im Spiegel.
Du nicktest wissend: Ja so wird es sein.

Und deine Augen fragten mich, im Spiegel,
lässt mich die Nachtigall im Herbst allein?
Und meine Augen sagten dir im Spiegel:
Kommt, Wind und Regen, kommt! Wir sind zu zwein.

Das graue Haar, ich suche es, im Spiegel.
Der erste Kuss darauf, dass war mein Siegel.

Mascha Kaléko

ÄLTER UND BUNTER

Warum hast du
so graue Haare Oma
fragt das Kind
ach weißt du
antwortet die Oma
die ganze Farbe
hat sich nur
in mir versteckt
jetzt bin ich eben innen bunt

Cornelia Elke Schray

ALTER IST ANFANG

„Alter
ist Anfang",
hat
ein Alter
gesagt.
Morgen
werde ich
einen Tag
älter sein.
Aber morgen
fange ich an
und lebe
den neuen
Tag.
Indem ich
von Tag
zu Tag
wandere,
wandere ich
von Anfang
zu Anfang.

Wolfgang Dietrich

DER SECHZIGJÄHRIGE DANKT

Linder schwebt der Stunden Reigen
Über schon ergrautem Haar,
Denn erst an des Bechers Neige
Wird der Grund, der gold'ne, klar.
Vorgefühl des nahen Nachtens
Es verstört nicht – es entschwert!
Reine Lust des Weltbetrachtens
Kennt, wer nichts mehr begehrt.
Nicht mehr fragt, was er erreichte,
Nicht mehr klagt, was er gemisst,
Und dem Altern nur der leichte
Anfang seines Abschieds ist.
Niemals glänzt der Ausblick freier
Als im Glas des Scheidelichts,
Nie liebt man das Leben treuer
Als im Schatten des Verzichts.

Stefan Zweig

DAS ALTWERDEN

Das Altwerden ist ja nicht bloß ein Abbau
und Hinwelken,
es hat, wie jede Lebensstufe, seine eigene Weisheit,
seine eigene Trauer,
und in Zeiten einer einigermaßen blühenden Kultur
hat man mit Recht dem Alter eine gewisse
Ehrfurcht erwiesen,
welche heut von der Jugend
in Anspruch genommen wird.
Wir wollen das der Jugend nicht weiter übelnehmen.
Aber wir wollen uns doch nicht aufschwatzen lassen,
das Alter sei nichts wert.

Hermann Hesse

Das Altern ist wie eine Woge im Meer.
Wer sich von ihr tragen lässt, treibt obenauf.
Wer sich dagegen aufbäumt, geht unter.

Gertrud von le Fort

Sag mal, hab ich kürzlich zu mein Frau gesacht, möchtest du so jung sein, wie de alt bis? Oder so neu sein, wie de jung bis. Oder so alt sein, wie de neu bis. Da hat mein Frau gesagt: „Wat soll denn dat Durcheinander jetzt, nich? Ich möchte so sein, wie ich bin.“ Un wie biste denn? hab ich da gefragt. Naja, hat da mein Frau etwas zögernd geantwortet, ich möchte so, ja, ich möchte so jung sein wie ich neu bin. Bravo, hab ich da gesagt, bravo, denn ich möchte nämlich auch so neu sein wie ich alt bin. Und ich sage dir, hab ich zu mein Frau gesacht, wir stehen für eine Entwicklung, die in der Geschichte der Menschheit einmalig ist. Einmalig. Du un ich? Nein, hab ich gesagt, nich nur ich un du. Sondern trau keinem über 60. Alles nämlich, was so über 60 is, kann jetzt die Welt verändern, und zwar ohne Aufstand. Ohne Aufstand! Weil, hab ich inzwischen rausgekriegt, weil wir, hm, nicht mehr Omma un Oppa spielen müssen, ne. Oder zum Beispiel als alte Trottels an den Rand der Gesellschaft geschoben werden, sondern genau umgekehrt! Wir sind auf dem Weg zu einer Gesellschaft, nich wahr, in der alt werden, alt sein keine Schande mehr ist, sondern wir gehören jetzt zu einer, wie heißt et immer, zu einer neuen dynamischen Generation, weil wir die jungen Alten sind, ne. Un von Vergreisung, ne, da kann überhaupt keine Rede mehr sein, aus, Schluß, basta! Ja, wenn dat so is, wenn dat so is, hat da mein Frau gesacht, dann ham wer ja nochmal Glück gehabt, ne? Dann kann ich ja vielleicht nochmals studieren, du holst deinen Doktor nach. Richtig, hab ich gesagt, ich hol meinen Doktor nach, ne, und das Adjektiv alt, das will ich nich nochmal hören, will ich nicht nochmal hören. Wenn ich jetzt inne Kneipe das Wort „Seniorenteller" auf der Speisekarte lese, da werd ich mich sofort beschweren, nich wahr. Ich will nicht wie ein Kind behandelt werden und einer Kaffee- und Kuchen-Fürsorge untertan sein, so! So is dat nämlich, wa. Und ich, hat da mein Frau gesagt, ich möchte nich immer Ton in Ton gehen, und gedeckt vornehm mich anziehen, sondern flott und schick, ne. Vielleicht machen wer ne Partei auf! Vielleicht machen wer ne Partei auf, denn über 60 sind schon 12 Millionen, ne! Hoho, dat gäb ne ganz schöne Mehrheit. Und es wär ja auch gar nich so schlecht, wenn der übertriebene Jugendkult dann ma'n bißken weniger lautstark wäre, ne. Hat doch auch der Dings, wie heißt er, hat doch auch der Dings, der Philosoph da, der der, der na, der Ernst Bloch, der hat doch gesagt: Alter ist nicht das Ende, sondern das Alter ist Ernte. Und wenn man so denkt, ne, dann wird et schon bald keine alten Menschen mehr geben, ne. Wird es schon, sondern alle sin gleich jung! Genau, hab ich gesagt, genau dasselbe hat auch eine Heidelberger Professorin neulich gesagt. Wie hat se gesagt: Das eigene Alter, ne, nich mehr als Zeit, die man hinter sich hat, sondern, genau umgekehrt, als Zeit, die man noch vor sich hat, erleben. Genau dat isset doch, hab ich gesagt, nich, un ich möchte auch nich mehr in so einem Altenheim angeschrien werden, so zum Beispiel: „Oppa, du Füße hoch, jetzt wird gestaubsaugt!" un so weiter, ne. Wenn schon, dann möchte ich lebenssatt sterben, aber vorher noch, wie heißt et so schön, ähm, ähm, wissenschaftlich gesehen, der postindustriellen Gesellschaft ein neues Profil geben, so heißt et nämlich. Oder, hab ich gesagt, wir jungen Alten entwickeln eine Kultur der Muße. Dat wär doch mal schön! Richtig eine Kultur der Muße, grad wir Deutschen hätten da viel nachzuholen, ne. Un wer soll es den Leuten vormachen, wenn nich wir Alten, ich, ich meine, wir Jungen, ne. Mit unseren alten Fähigkeiten un Erkenntnissen zwischen Lebensmitte un Lebensabend, wobei ich das Wort Lebensabend ja auch gar nicht ausstehen kann, muß ich ehrlich sagen. Mit unseren Erfahrungen im Kopf wie im Bett. Also morgens Bett un abends, ne. Un in die Ferne, hat da mein Frau gesacht, da möchte ich auch noch mal reisen, ne! Ich steig dir in jedes Kanu, ob am Amazonas oder in Dings, in Papua-Neuguinea. Völlig wurscht! Immerhin kann mer 115 Jahre alt werden. Un ich, hab ich gesagt, ich kenne keine Pensionsgrenze, nich wahr, ich kenne nur noch junge alte Deutsche, un wenn ich kein Grauer Panther bin, aber'n rosa Stier bin ich allemal. Et heißt zwar: Alter schützt vor Torheit nicht, aber das hat uns ja gerade jung gehalten, ne! Un wenn et so weitergeht, hab ich zu mein Frau gesacht, dann werden wer eines Tages auch noch zeitlos sein, nich wahr, un man wird aufhören, die Jahre zu zählen un wir sind ein einig Volk von alten neuen Jungen. Oh je, hat da mein Frau gesacht, aber deutsche Geschichte müssen wir nich unbedingt machen. Nee, sach ich da, nee, nee hab ich da geantwortet: Das ham wer dann schon alles längst hinter uns.

Hanns Dieter Hüsch

Das Leben beginnt mit der Geburt
und endet mit dem Tod.
So ist die landläufige Meinung.
Doch das Leben ist eine ständige Geburt.

Anselm Grün

ÜBER DAS ÄLTERWERDEN

Das große Glück, noch klein zu sein,
sieht mancher Mensch als Kind nicht ein
und möchte, dass er ungefähr
so 16 oder 17 wär'.
Doch schon mit 18 denkt er: „Halt!
Wer über 20 ist, ist alt."
Warum? Die 20 sind vergnüglich –
auch sind die 30 noch vorzüglich.
Zwar in den 40 – welche Wende –
da gilt die 50 fast als Ende.
Doch in den 50, peu à peu,
schraubt man das Ende in die Höh'!
Die 60 scheinen noch passabel
und erst die 70 miserabel.
Mit 70 aber hofft man still:
„Ich schaff' die 80, so Gott will."
Wer dann die 80 biblisch überlebt,
zielsicher auf die 90 strebt.
Dort angelangt, sucht er geschwind
Nach Freunden, die noch älter sind.
Doch hat die Mitte 90 man erreicht
– die Jahre, wo einen nichts mehr wundert –,
denkt man mitunter: „Na – vielleicht
schaffst du mit Gottes Hilfe auch die 100!"

Verfasser unbekannt

Jahre runzeln die Haut,
den Enthusiasmus aufgeben, runzelt die Seele.

Albert Schweitzer

Wirf deine Angst
in die Luft

MENSCH, DU WIRST ALT!

Der Name! Mensch, wie war der noch?
Erinnerungen kommen hoch.
Du kramst in der Vergangenheit,
hast tausend Dinge griffbereit.
Doch, wie sich das Hirn auch quält,
der Name! Nur der Name fehlt.
Und sicherlich erkennst du bald:
So fängt es an. Mensch, du wirst alt.

Vom zweiten Stock steigst du herunter,
trittst auf die Straße frisch und munter.
Doch plötzlich fragst du dich verdrossen,
hab ich auch wirklich abgeschlossen?
Du kannst dir selber nicht mehr trau'n
und steigst hinauf, um nachzuschau'n.
Und sagst – die Faust vor Zorn geballt:
„So fängt es an. Mensch, du wirst alt."

Du brauchst was aus dem Küchenschrank.
Du weißt auch was. Na, Gott sei Dank.
Du öffnest ganz gezielt die Tür
und fragst dich prompt: „Was wollt' ich hier?"
Nun grübelst du. Dich packt der Frust,
denn gerade hast du's noch gewusst.
Und so was lässt dich nicht mehr kalt.
So fängt es an. Mensch, du wirst alt.

Bevor man eine Reise tut,
versteckt man erst sein Sparbuch gut.
Man ist ja länger nicht zu Haus
und das Versteck kriegt keiner raus.
Kommt man zurück, geht' s Suchen los:
„Wo habe ich mein Sparbuch bloß?"
Warum ich so was nie behalt?
So fängt es an. Mensch, du wirst alt.

Du sitzt im Zug. Du bist auf Reisen.
Da fällt dir ein: Das Bügeleisen!
Von Urlaubsfreuden schon beflügelt,
hast du noch schnell ein Hemd gebügelt.
Nun denkst du ständig an zu Haus.
„Mein Gott, ist der Stecker auch raus?"
Zwingst dich zur Ruhe, mit Gewalt!
So fängt es an. Mensch, du wirst alt.

Zum Frühstück nimmst du drei Tabletten,
die sollen dein Gedächtnis retten.
Du fragst dich plötzlich ganz beklommen,
hab ich sie wirklich eingenommen?
Und schluckt man sie, du hast's vergessen,
stets vor dem oder nach dem Essen?
Du weißt nicht, welche Vorschrift galt.
So fängt es an. Mensch, du wirst alt.

Du bist es leid und legst im Nu,
dir ein Tablettenkästchen zu.
Unter den Fächern – keine Frage,
steh'n säuberlich die Wochentage.
Am anderen Morgen denkst du nach:
„Was hab'n wir heute – Donnerstag?"
Du schmeißt das Kästchen, dass es knallt.
So fängt es an. Mensch, du wirst alt.

Du siehst nicht gut! Der Arzt kommt drauf
und schreibt dir Augentropfen auf.
Alle vier Stunden sollst du nun,
die Tropfen in die Augen tun.
Doch jedes Mal – es tut dir leid –
vergisst du die genaue Zeit.
Völlig verzweifelt sagst du bald:
So fängt es an. Mensch, du wirst alt.

Du kaufst dir – so was gibt es schon –
'ne Armbanduhr mit Weckfunktion.
Du freust dich, nun ist alles klar,
sie piept auch pünktlich, wunderbar!
Doch schaust du sinnend auf die Uhr
und fragst dich: „Warum piept die nur?"
Sie piept wie aus dem Hinterhalt.
So fängt es an. Mensch, du wirst alt.

Maschinen kann man reparieren,
Getriebe, die schwer gehen, schmieren.
Kommt beim Computer nichts mehr raus,
dann wechselt man Module aus.
So hat man vieles schon erreicht,
beim Menschen geht das nicht so leicht.
Darum kann der Rat nur dieser sein:
Mach dir nichts draus, stell dich drauf ein.

Verfasser unbekannt

ANGST VOR DEM ÄLTERWERDEN

Stell dir vor, die Welt würde sich rückwärts drehen
und wir würden jünger werden statt älter:
Wir würden an Wissen verlieren, statt dazugewinnen.
Wir würden Freunde verlieren, statt dazugewinnen.
Wir würden uns entfremden, statt näherzukommen.
Die Liebe würde erkalten und die Freude erlöschen.
Freuen wir uns also, dass die Welt sich vorwärts dreht
und genießen das Leben, so wie es kommt.
Alles Gute zum Geburtstag

Gabriele Look-Tabaq

NOCH BIST DU DA

Wirf deine Angst
in die Luft

Bald
ist deine Zeit um
bald
wächst der Himmel
unter dem Gras
fallen deine Träume
ins Nirgends

Noch
duftet die Nelke
singt die Drossel
noch darfst du lieben
Worte verschenken
noch bist du da

Sei was du bist
Gib was du hast

Rose Ausländer

WEIL ICH LEBE

Heute fürchte ich nichts,
heute zeige ich mich freimütig schutzlos dem Tag
und wage mich zu freuen,
weil ich lebe,
weil ich auf eine Art lebe,
die nur ich weiß und kann,
ein Leben unter Milliarden,
aber das meine,
das etwas sagt, was kein anderer sagen kann.
Das Einmalige eines jeden Lebens.
Schön ist es, älter zu werden,
erlöst von sich selbst,
von der gewaltigen Anstrengung „etwas zu werden"
(...)
und überall man selbst zu sein und zugleich
weiter nichts als einer von Milliarden.

Luise Rinser

Gesichtsfalten sind die Pfade,
wo das Lächeln spazieren ging.

Marc Twain

UNWANDELBAR

O fürchte nicht, wenn dir das Alter
Vom Haupte Blüt' um Blüte bricht,
Dass dann ein Blick, ein trüber, kalter,
Fall' auf dein bleiches Angesicht.

Wohl blässer wird der äußre Schimmer,
Doch heller wird der innre Schein;
Drum lieber nur und tiefer immer
Schau' ich ins Auge dir hinein.

Da seh' ich all' die Liebesfülle,
Die reicher ward von Jahr zu Jahr;
Es dringet durch des Alters Hülle
Der Seele Schönheit hell und klar.

Da seh' ich nicht die müden Wangen,
Der Jahre Furchen seh' ich nicht –
Es ist mir strahlend aufgegangen
Dein innres Engelsangesicht.

Ludwig Pfau

Wenn ich alt bin, will ich nicht jung aussehen,
sondern glücklich.

ALTERN

Die Schönheit des Bergabgehens
wenn die höchste Steigung überwunden ist
und auch das Klimmen und Keuchen
Jetzt langsam und mit Genuss
bergab gehen
schauend, atmend
Manchmal eine flache
oder sanft ansteigende Zwischenstrecke
Aber im Großen und Ganzen
dem Tale zu
und es nicht fürchtend
Sich der Ermüdung und Erleichterung hingebend
Die Augen und das Herz
wandern und ausschweifen
die eigenen Schritte
ruhig und mühelos geschehen
lassen.

Erika Pluhar

Alt werden ist wie Bergsteigen:
Sie kommen ein wenig außer Atem,
aber die Aussicht ist viel besser!

Ingrid Bergman

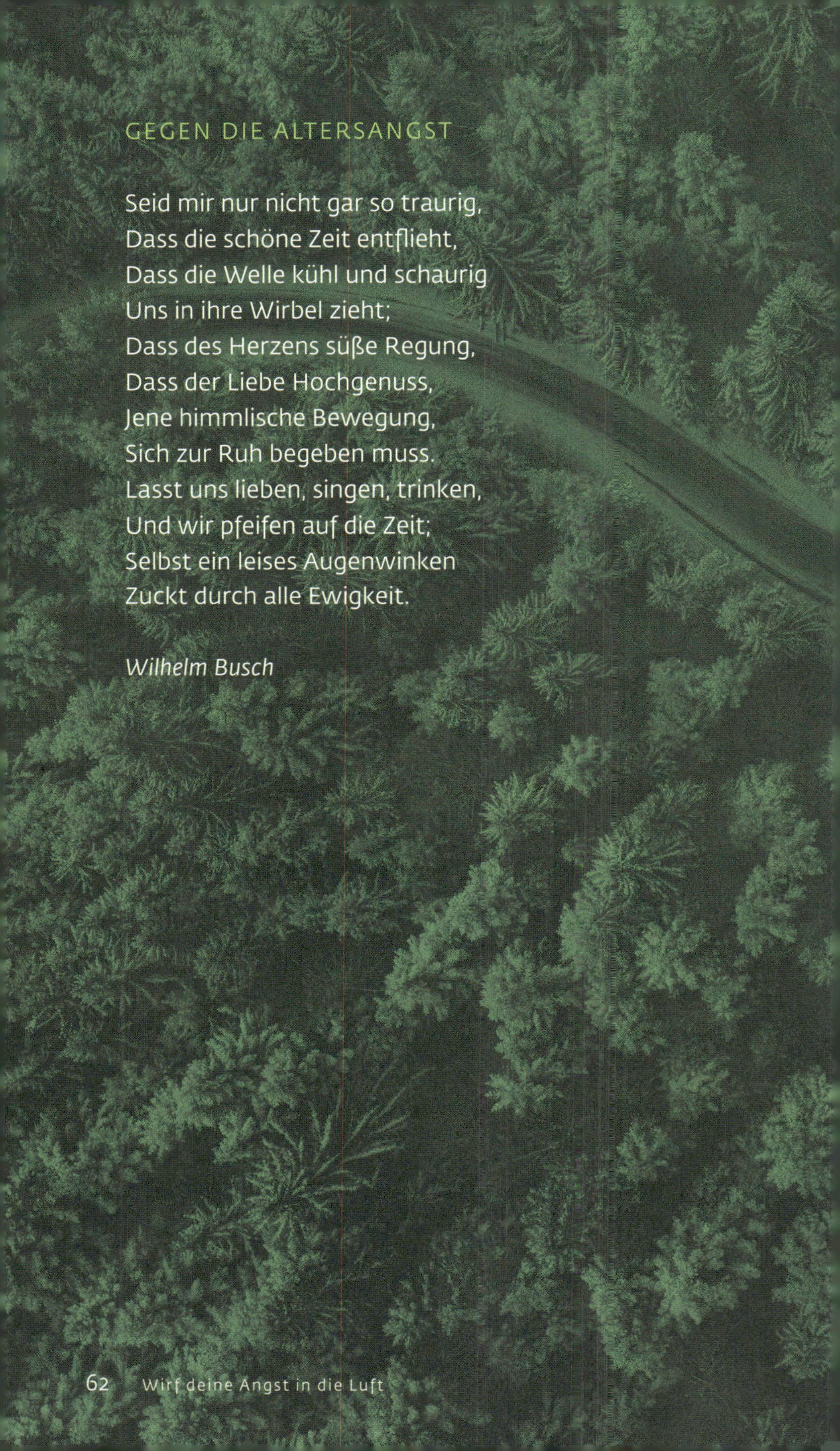

GEGEN DIE ALTERSANGST

Seid mir nur nicht gar so traurig,
Dass die schöne Zeit entflieht,
Dass die Welle kühl und schaurig
Uns in ihre Wirbel zieht;
Dass des Herzens süße Regung,
Dass der Liebe Hochgenuss,
Jene himmlische Bewegung,
Sich zur Ruh begeben muss.
Lasst uns lieben, singen, trinken,
Und wir pfeifen auf die Zeit;
Selbst ein leises Augenwinken
Zuckt durch alle Ewigkeit.

Wilhelm Busch

ALT MACHT NICHT DIE ZAHL DER JAHRE

Alt macht nicht die Zahl der Jahre,
alt machen nicht die grauen Haare,
alt ist, wer den Mut verliert
und sich für nichts mehr interessiert.
Drum nimm alles mit Freude und Schwung,
dann bleibst du auch im Herzen jung.
Zufriedenheit und Glück auf Erden,
sind das Rezept, uralt zu werden.

Verfasser unbekannt

Mein Leben bekommt eine neue Qualität,
wenn ich jeden Morgen bewusst mit dem Gedanken
aufstehe: Heute grabe ich meine ganz persönliche
Lebensspur in diese Welt ein, damit durch mich
diese Welt ein wenig heller und wärmer
und menschlicher wird.

Anselm Grün

GEBURTSTAGSBITTE

Gib meiner Seele Flügel
Und meinem Herzen Kraft
Dass es die große Hürde
Des Älterwerdens schafft

Lass mich nicht verdrießen
Wenn vieles nicht mehr geht
Und meines Lebens Fülle
Nicht mehr am Anfang steht

Schau dort, der alte Weinstock
Wie er noch wächst und rankt
Wie er mit süßen Früchten
Sich jedes Jahr bedankt

So will auch ich heut danken
Für jedes neue Jahr
In dem mir Triebe ranken
Im Leben wunderbar

Hermine Geißler

Die Jugend ist ein Geschenk der Natur,
aber das Alter ist ein Kunstwerk.

Stanislaw Jerzy Lec

Fange nie an, aufzuhören.
Höre nie auf, anzufangen.

Kostbares
Erinnern

SCHATZ

Was wär mit uns Alten, wenn
wir das nicht hätten:
das Bilderbuch der Erinnerung,
den Schatz an Erlebtem!
Kläglich wäre es und elend.
So aber sind wir reich und tragen
nicht nur einen verbrauchten Leib
dem Ende und Vergessen entgegen,
sondern sind auch Träger jenes Schatzes,
der so lange lebt und leuchtet,
wie wir atmen.

Hermann Hesse

LEBENSKUNST

Auch das ist Kunst,
ist Gottes Gabe,
aus ein paar sommerlichen Tagen
sich so viel Licht ins Herz zu tragen,
dass wenn der Sommer längst verweht,
das Leuchten immer noch besteht.

Johann Wolfgang von Goethe

ALTER GLÜCKSZETTEL

Zwischen Hetzen und Hasten,
In Lärmen und Lasten,
Von Zeit zu Zeit
Mag gerne ich rasten
In Nachdenklichkeit.

Fliege, mein Denken, zurück, zurück,
Suche, suche: in heimlichen Ecken
Dämmerbrauner Vergangenheit
Mag wohl von verklungenem Glück
Blinkend ein Blättchen stecken ...

Und ich suche in meinem Andenkenkasten
Zwischen Bändern und Briefen,
Die lange schliefen,
Aus trockenen Blumen und blassen Schleifen
Will ich dir was Liebes greifen.

Da fand einen Zettel ich, bleistiftbeschrieben,
Der hat mir die Wärme ins Herz getrieben.
Was stand denn da?
Von meiner Hand:
„I mag Di gern leid'n. Du: Magst Du mi aa?",
In schmächtigen Zügen darunter stand:
„Ja."

In Lärm und Last
In zager Zeit
War mir ein Gast
Aus Glückseligkeit
Dies kleine „Ja“ der Vergangenheit.

Otto Julius Bierbaum

SCHÖNHEIT DES ALTERS

Das aber ist des Alters Schöne,
Dass es die Saiten reiner stimmt,
Dass es der Lust die grellen Töne,
Dem Schmerz den herbsten Stachel nimmt.

Ermessen lässt sich und verstehen
Die eig'ne mit der fremden Schuld,
Und wie auch rings die Dinge gehen,
Du lernst dich fassen in Geduld.

Die Ruhe kommt erfüllten Strebens,
Es schwindet des Verfehlten Pein –
Und also wird der Rest des Lebens
Ein sanftes Rückerinnern sein.

Ferdinand von Saar

DANKBAR

Je älter man wird,
umso mehr wächst in einem die Neigung zu danken.
Vor allem nach oben (...)
So dann verlangt es einen Mal um Mal,
seinen Mitmenschen zu danken,
selbst wenn er nichts Besonderes für einen getan hat.
Wofür denn? Dafür, dass er mir,
wenn er mir begegnete,
wirklich begegnet ist;
dass er die Augen auftat
und mich mit keinem anderen verwechselte;
dass er die Ohren auftat
und zuverlässig vernahm,
was ich ihm zu sagen hatte;
ja, dass er das auftat,
was ich recht eigentlich anredete,
das wohlverschlossene Herz.

Martin Buber

HERBSTLICHES

Der Herbst ist meine Jahreszeit. Er taucht die Welt in ein mattgoldenes Licht, der frühe Nebel nimmt den Gegenständen die Schärfe und lässt die Konturen nur ahnen. Die Luft ist noch mild und warm, aber die Sonne brennt dir nicht mehr das Herz aus dem Leib.

Ich stehe im Herbst meines Lebens und bin froh darüber. Langsam, aber sicher werde ich ruhiger und gelassener, die heißen und wilden Empfindungen der Sommertage sind vorbei. Nur manchmal schwindelt sich ein „Sommergefühl" ein. Das ist dann die große Überraschung. Fast erschrecke ich: Das gibt es noch? Und ich freue mich. Ich bin aber nicht traurig, wenn es vorüber ist, denn der Herbst ist meine Jahreszeit!

Wenn ich spüre, dass ich ein wenig toleranter, großzügiger und milder geworden bin, bin ich sehr glücklich. Die Kämpfe um dieses und jenes werden mit stumpferen Klingen als früher geführt, ich will nicht mehr verletzen, will nur in Frieden leben. Die Beziehungen zu den Menschen werden leichter, duftiger. Der Schmerz ist nicht mehr so groß, und die Freude nicht mehr so himmelhoch jauchzend.

Das Leben tut nicht mehr so weh! Gelegentlich entdecke ich an mir ein graues Haar mehr, dann fühle ich mich wie ein Baum mit bunten Blättern. „Herbstbaum", sage ich zu mir, „du wirst immer interessanter." Die Vielfalt der Farben im herbstlichen Wald ist es, die mir gefällt. Die Vielfalt in meiner Seele macht mich stark. Ich habe viel erlebt. Den stürmischen Frühling, den heißen, wilden Sommer, jetzt will ich ausruhen und noch einige Erinnerungen für das Bilderbuch meines Lebens sammeln.

Denn die kalten, einsamen Wintertage werden mir noch zu schaffen machen. Dann möchte ich am warmen Ofen sitzen und das Buch aufschlagen und an all die schönen Erlebnisse, die mir das Leben geschenkt hat, denken.

Jetzt ist noch Zeit zum Sammeln, Herbst!

Leopoldine Merk

DENK AN DEINE JUGENDSONNE

Denk an deine Jugendsonne,
wenn dich's in der Seele friert;
träum von Jugendglück und Wonne,
wenn es Herbst im Herzen wird.

Strömt der Sonne Strahlenquelle
auch nur einen Augenblick –
bleibt ihr Glanz in Herz und Seele
doch noch lange Zeit zurück!

Träumst du auch nur für Sekunden
von dem Glück, das längst dahin –
ist dir gleich der Traum entschwunden,
lang glüht dir sein Bild im Sinn.

Schmückst mit Blumen neu die Liebe,
suchst des Freundes treue Brust
gleich, als ob sie ewig bliebe,
quillt des Geistes Götterlust.

Denk an deine Jugendsonne,
und du fühlst dich neu entzückt;
und du singst in Glück und Wonne
Lieder, die dich einst beglückt.

Balder vom Berge

Ich möchte sagen, dass ich immer noch
im und vom Sonnenschein meiner Kindheit lebe.

Christian Morgenstern

Was man als Kind geliebt hat, bleibt im Besitz
des Herzens bis ins hohe Alter.

Khalil Gibran

GROSSMÜTTERCHEN

Sie trug mich stets auf ihren Armen;
sie lehrte mich den ersten Schritt,
und weinte ich zum Herzerbarmen,
so weinte sie erbarmend mit.
Wenn sie des Abends mich ins Nestchen
mit linder Segenshand gebracht,
so bat ich: „Bleibe noch ein Restchen",
und meinte da „die ganze Nacht".

Und wenn ein böser Traum mich schreckte,
so saß sie da beim kleinen Licht,
nahm weg den Schirm, der es bedeckte,
und sah mir liebend ins Gesicht.
Trotz ihrer hellen Augensterne
tat ich sodann die Frage doch:
„Ich träume ohne dich nicht gerne;
Großmütterchen, sag, wachst du noch?"

Zwar ist sie längst von mir gegangen;
ich selbst bin alt, fast schon ein Greis,
und fühl mich doch von ihr umfangen,
die mich noch jetzt zu segnen weiß.
Stets ist es mir, geh ich zur Ruhe,
als setze sie sich zu mir hin,
und wenn ich etwas Wichtges tue,
kommt sie mir hilfreich in den Sinn.

So oft ich Sterne leuchten sehe,
hell wie in meiner Jugendzeit,
hör ich ihr Wort: „Was auch geschehe,
du und dein Glück, ihr seid gefeit."
Dann möcht ich, wie in jenen Tagen,
zwar überflüssig, aber doch
die lieben, lieben Sterne fragen:
„Großmütterchen, sag, wachst du noch?"

Karl May

Wenn du deine Kindheit mit dir herumträgst,
wirst du nie älter.

Tom Stoppard

Vom Standpunkt der Jugend aus gesehen ist das Leben
eine unendlich lange Zukunft;
vom Standpunkt des Alters aus
eine sehr kurze Vergangenheit.

Arthur Schopenhauer

WELTLAUF

Ein Mensch, erst zwanzig Jahre alt,
Beurteilt Greise ziemlich kalt
Und hält sie für verkalkte Deppen,
Die zwecklos sich durchs Dasein schleppen.
Der Mensch, der junge, wird nicht jünger:
Nun, was wuchs denn auf seinem Dünger?
Auch er sieht, dass trotz Sturm und Drang,
Was er erstrebt, zumeist misslang,
Dass, auf der Welt als Mensch und Christ
Zu leben nicht ganz einfach ist,
Hingegen leicht, an Herrn mit Titeln
Und Würden schnöd herumzukritteln.
Der Mensch, nunmehr bedeutend älter,
Beurteilt jetzt die Jugend kälter,
Vergessend frühres Sich-Erdreisten:
"Die Rotzer sollen erst was leisten!"
Die neue Jugend wiedrum hält ...
Genug – das ist der Lauf der Welt!

Eugen Roth

Eines Tages wirst du zurückblicken und sehen,
dass du die ganze Zeit geblüht hast.

Morgan Harper Nichols

Monde und Jahre vergehen,
aber ein schöner
Moment leuchtet
das Leben hindurch.
Franz Grillparzer

TRAINING

Mit dem Schlimmsten leben lernen
als wäre es schon geschehen

Weiteratmen
– wenn im vollgestopften Aufzug alle
jünger sind als du
– wenn du im Schaufensterglas das Gesicht
einer alten Frau erkennst: deines

Dem Sensemann eine Fratze schneiden
wenn er über die Fensterscheiben leckt

Runter
von der Überholspur

Das eigene Gewissen erforschen
nicht das der anderen

Erinnerungen füttern
wie Vögel im Winter
damit sie noch einmal singen
als wäre es wieder Sommer
und Juni und du so nah
dass ich dich atmen höre
ihrem ohrenbetäubenden Zwitschern zum Trotz

Die Taue kappen, eins nach dem anderen
ehe das Schiff hinaustreibt aufs Meer

Alle Farben der Welt versammeln
im Weiß unserer Haare

Ulla Hahn

Gerne altern

WENN ÄLTER WERDEN HEISST ...

... jeden Tag wichtig nehmen
vom Frühstück bis zum Gute-Nacht-Kuss,
jedes kostbare Jahr genießen
vom Frühling bis zur ersten Schneeflocke,
sich rühren lassen von einem kleinen Kind,
ein weises Wort nicht verachten,
viel vorhaben,
manches mit einem Lächeln hinter sich lassen
und hinter jeder Wegbiegung
das Wunder erwarten ...
... immer noch und immer immer wieder ...

Wenn älter werden all das heißt ...
... dann sollten wir sofort damit anfangen

Inge Müller

MAN OH MAN

Man ist nur so jung,
wie man sich fühlt.

Man denkt nur so tief,
wie man sich wühlt.

Man kriegt nur so viel,
wie man sich gibt.

Man lebt nur so lang,
wie man sich liebt.

Robert Gernhardt

ÄLTER WERDEN

Zögern mitten im Satz

Nachfragen wenn man glaubt
es verstanden zu haben

Es nicht mehr eilig haben
mit dem Wissenwollen

Einen Stein ein Glas eine Hand
länger festhalten als nötig

Den Ärmel des Gegenüber beim Reden berühren
zu spüren man ist noch da

Ein Buch einen Blick eine Haut verlieren
und nicht mehr finden wollen

Erinnern statt sehnen

Den Gedanken: Das alles ist nach mir noch da
trainieren wie einen Muskel

Gefühl als wäre jemand im Zimmer

Ulla Hahn

IN DER BLÜTE DES LEBENS

Seit einer Woche steige ich jeden Tag von dem
kleinen Schweizer Dorf hinauf zu den Wiesen
inmitten der Bündner Bergwelt. Es macht mir Mühe,
doch ich muss hinauf und schauen.
Große leuchtende Flächen – gelber Löwenzahn,
jeder einzelne eine goldene Sonne. Ich kann
mich nicht sattsehen.
Später ein anderes Bild: Lichterfest auf der Wiese.
Die Bälle der „Pusteblumen", ein weißes wogendes
Meer. Schon bald sind die Schirmchen vom Wind
verweht: Samen für das nächste Jahr.
Blühendes Leben für kurze Zeit.
In weitem Bogen führt der Weg aufwärts;
manchmal schaffe ich die Steigung noch.
Hier wechseln die Farben: neben dem Gelb von
Trollblumen und Hahnenfuß ein zarter Hauch blauer
Vergissmeinnicht, weißes Wiesenschaumkraut und
etwas versteckter der blaue Enzian. Bald kommt
die Zeit der Margeriten.
Blühendes Leben ...
Jeden Tag gehe ich hinauf. Tief atme ich ein.
Ich schaue, und die Bilder berühren mein Herz.
Mit diesen Bildern kann ich leben – vielleicht
auch dann, wenn es einmal schwieriger wird ...

Günter Riediger

Mit dem Leben ist es wie mit einem Theaterstück,
es kommt nicht darauf an, wie lange es ist,
sondern wie bunt.

TEILHABEN

Mit neuen Gedanken
alt werden

Jungbleiben
an uralten Gedanken

Teilhaben
am unsterblichen Leben
unsterblichen Sterben

Rose Ausländer

Je älter ich werde, desto tiefer empfinde ich,
alles ist Gnade,
das Kleine so gut wie das Große.

Theodor Fontane

ÜBER DAS ALTER

Das Greisenalter ist eine Stufe unseres Lebens und hat wie alle andern Lebensstufen ein eigenes Gesicht, eine eigene Atmosphäre und Temperatur, eigene Freuden und Nöte. Wir Alten mit den weißen Haaren haben gleich allen unsern jüngern Menschenbrüdern unsre Aufgabe, die unsrem Dasein den Sinn gibt, und auch ein Todkranker und Sterbender, den in seinem Bett kaum noch ein Anruf aus der diesseitigen Welt zu erreichen vermag, hat seine Aufgabe, hat Wichtiges und Notwendiges zu erfüllen. Altsein ist eine ebenso schöne und heilige Aufgabe wie Jungsein, Sterben lernen und Sterben ist eine ebenso wertvolle Funktion wie jede andre – vorausgesetzt, dass sie mit Ehrfurcht vor dem Sinn und der Heiligkeit alles Lebens vollzogen wird. Ein Alter, der das Altsein, die weißen Haare und die Todesnähe nur hasst und fürchtet, ist kein würdiger Vertreter seiner Lebensstufe, so wenig wie ein junger und kräftiger Mensch, der seinen Beruf und seine tägliche Arbeit hasst und sich ihnen zu entziehen sucht.

Kurz gesagt: um als Alter seinen Sinn zu erfüllen und seiner Aufgabe gerecht zu werden, muss man mit dem Alter und allem, was es mit sich bringt, einverstanden sein, man muss Ja dazu sagen. Ohne dieses Ja, ohne die Hingabe an das, was die Natur von uns fordert, geht uns der Wert und Sinn unsrer Tage – wir mögen alt oder jung sein – verloren, und wir betrügen das Leben.

Jeder weiß, dass das Greisenalter Beschwerden bringt und dass an seinem Ende der Tod steht. Man muss Jahr um Jahr Opfer bringen und Verzichte leisten. Man muss seinen Sinnen und Kräften misstrauen lernen. Der Weg, der vor Kurzem noch ein kleines Spaziergängchen war, wird lang und mühsam, und eines Tages können wir ihn nicht mehr gehen. Auf die Speise, die wir zeitlebens so gern gegessen haben, müssen wir verzichten. Die körperlichen Freuden und Genüsse werden seltener und müssen immer teurer bezahlt werden. Und dann alle die Gebrechen und Krankheiten, das Schwachwerden der Sinne, das Erlahmen der Organe, die vielen Schmerzen, zumal in den oft so langen und bangen Nächten – all das ist nicht wegzuleugnen, es ist bittere Wirklichkeit. Aber ärmlich und traurig wäre es, sich einzig diesem Prozess des Verfalls hinzugeben und nicht zu sehen, dass auch das Greisenalter sein Gutes, seine Vorzüge, seine Trostquellen und Freuden hat. Wenn zwei alte Leute einander treffen, sollten sie nicht bloß von der verfluchten Gicht, von den steifen Gliedern und der Atemnot beim Treppensteigen sprechen, sie sollten nicht bloß ihre Leiden und Ärgernisse austauschen, sondern auch ihre heiteren und tröstlichen Erlebnisse und Erfahrungen. Und deren gibt es viele.

Wenn ich an diese positive und schöne Seite des Lebens der Alten erinnere und daran, dass wir Weißhaarigen auch Quellen der Kraft, der Geduld, der Freude kennen, die im Leben der Jungen keine Rolle spielen, dann steht es mir nicht zu, von den Tröstungen der Religion und Kirche zu sprechen. Dies ist Sache des Priesters. Wohl aber kann ich einige von den Gaben, die das Alter uns schenkt, dankbar mit Namen nennen. Die mir teuerste dieser Gaben ist der Schatz an Bildern, die man nach einem langen Leben im Gedächtnis trägt und denen man sich mit dem Schwinden der Aktivität mit ganz anderer Teilnahme zuwendet als jemals zuvor. Menschengestalten und Menschengesichter, die seit sechzig und siebzig Jahren nicht mehr auf der Erde sind, leben in uns weiter, gehören uns, leisten uns Gesellschaft, blicken uns aus lebenden Augen an. Häuser, Gärten, Städte, die inzwischen verschwunden oder völlig verändert sind, sehen wir unversehrt wie einst, und ferne Gebirge und Meeresküsten, die wir vor Jahrzehnten auf Reisen gesehen, finden wir frisch und farbig in unserem Bilderbuch wieder. Das Schauen, das Betrachten, die Kontemplation wird immer mehr zu einer Gewohnheit und Übung, und unmerklich durchdringt die Stimmung und Haltung des Betrachtenden unser ganzes Verhalten. Von Wünschen, Träumen, Begierden, Leidenschaften gejagt sind wir, wie die Mehrzahl der Menschen, durch die Jahre und Jahrzehnte unseres Lebens gestürmt, ungeduldig, gespannt, erwartungsvoll, von Erfüllungen und Enttäuschungen heftig erregt – und heute, im großen Bilderbuch unseres eigenen Lebens behutsam blätternd, wundern wir uns darüber, wie schön und gut es sein kann, jener Jagd und Hetze entronnen und in die vita contemplativa gelangt zu sein.

Hier, in diesem Garten der Greise, blühen manche Blumen, an deren Pflege wir früher kaum gedacht haben. Da blüht die Blume der Geduld, ein edles Kraut, wir werden gelassener, nachsichtiger, und je geringer unser Verlangen nach Eingriff und Tat wird, desto größer wird unsere Fähigkeit, dem Leben der Natur und dem Leben der Mitmenschen zuzuschauen und zuzuhören, es ohne Kritik und mit immer neuem Erstaunen über seine Mannigfaltigkeit an uns vorüberziehen zu lassen, manchmal mit Teilnahme und stillem Bedauern, manchmal mit Lachen, mit heller Freude, mit Humor.

Neulich stand ich in meinem Garten, hatte ein Feuer brennen und speiste es mit Laub und dürren Zweigen. Da kam eine alte Frau, wohl gegen achtzig Jahre alt, an der Weißdornhecke vorbei, blieb stehen und sah mir zu. Ich grüßte, da lachte sie und sagte: „Sie haben ganz recht mit ihrem Feuerchen. Man muss sich in unserem Alter so allmählich mit der Hölle anfreunden." Damit war die Tonart eines Gesprächs angeschlagen, in dem wir einander allerlei Leiden und Entbehrungen klagten, aber immer im Ton des Spaßes. Und am Ende unserer Unterhaltung gestanden wir uns ein, dass wir trotz alledem ja eigentlich noch gar nicht so furchtbar alt seien und kaum als richtige Greise gelten könnten, solang in unserem Dorf noch unsre Älteste, die Hundertjährige, lebe.

Wenn die ganz jungen Leute mit der Überlegenheit ihrer Kraft und ihrer Ahnungslosigkeit hinter uns herlachen und unsern beschwerlichen Gang, unsre paar weißen Haare und unsere sehnigen Hälse komisch finden, dann erinnern wir uns daran, wie wir einst, im Besitz der gleichen Kraft und Ahnungslosigkeit, ebenfalls gelächelt haben, und kommen uns nicht unterlegen und besiegt vor, sondern freuen uns darüber, dass wir dieser Lebensstufe entwachsen und ein klein wenig klüger und duldsamer geworden sind.

Hermann Hesse

Die schönsten Töne
werden auf den ältesten Geigen gespielt.

Ralph Waldo Emerson

VOM EFEU

Der Efeu am Haus,
höre ich vorm Fenster
den Gärtner sagen,
der Efeu
altert sichtbar.
Woran das
zu erkennen sei?
frage ich:
Und ob nur im Winter?
Vielleicht falle,
erklärt der Gärtner,
die Veränderung jetzt,
in der lautlosen Zeit,
eher auf: Im Alter
nämlich klettere Efeu
nicht weiter. Er staue
sich vielmehr in
kleinen Knollen,
beginne, was er
vorher nicht konnte,
unscheinbar zu blühen.

Peter Härtling

Manche Leute altern, andere reifen.

Sean Connery

NICHT MÜDE WERDEN

Nicht müde werden
sondern dem Wunder
leise
wie einem Vogel
die Hand hinhalten.

Hilde Domin

DIE ZEIT GEHT NICHT

Die Zeit geht nicht, sie stehet still,
Wir ziehen durch sie hin;
Sie ist ein Karawanserei,
Wir sind die Pilger drin.

Ein Etwas, form- und farbenlos,
Das nur Gestalt gewinnt,
Wo ihr drin auf und nieder taucht,
Bis wieder ihr zerrinnt.

Es blitzt ein Tropfen Morgentau
Im Strahl des Sonnenlichts –
Ein Tag kann eine Perle sein
Und hundert Jahre – nichts!

Es ist ein weißes Pergament
Die Zeit, und jeder schreibt
Mit seinem besten Blut darauf,
Bis ihn der Strom vertreibt.

An dich, du wunderbare Welt,
Du Schönheit ohne End,
Schreib ich 'nen kurzen Liebesbrief
Auf dieses Pergament.

Froh bin ich, dass ich aufgetaucht
In deinem runden Kranz;
Zum Dank trüb ich die Quelle nicht
Und lobe deinen Glanz!

Gottfried Keller

SUMMA SUMMARUM

Sag, wie wär es, alter Schragen,
Wenn du mal die Brille putztest,
Um ein wenig nachzuschlagen,
Wie du deine Zeit benutztest.
Oft wohl hätten dich so gerne
Weiche Arme warm gebettet;
Doch du standest kühl von ferne,
Unbewegt wie angekettet.

Oft wohl kam's dass du die schöne
Zeit vergrimmtest und vergrolltest,
Nur weil diese oder jene
Nicht gewollt, so wie du wolltest.
Demnach hast du dich vergebens
Meistenteils herumgetrieben;
Denn die Summe unsres Lebens
Sind die Stunden, wo wir lieben.

Wilhelm Busch

WIR WÄHNTEN LANGE RECHT ZU LEBEN

Wir wähnten lange recht zu leben,
Doch fingen wir es töricht an;
Die Tage ließen wir entschweben
Und dachten nicht ans End der Bahn!

Nun haben wir das Blatt gewendet
Und frisch dem Tod ins Aug geschaut;
Kein ungewisses Ziel mehr blendet,
Doch grüner scheint uns Busch und Kraut!

Und wärmer ward's in unsern Herzen,
Es zeugt's der froh gewordne Mund;
Doch unsern Liedern, unsern Scherzen
Liegt auch des Scheidens Ernst zugrund!

Gottfried Keller

Der höchste Lohn für unsere Bemühungen
ist nicht das, was wir dafür bekommen,
sondern das, was wir dadurch werden.

Wunschzettel
für das Alter

ICH WÜNSCHE DIR, DASS DU NOCH WÜNSCHE HAST

Ich wünsche dir,
dass du dich nicht als wunschlos glücklich bezeichnest,
denn wünschen heißt hoffen,
träumen, erwarten und Ziele haben.
Im Wünschen liegt eine Kraft,
die vieles noch für möglich hält.
Deshalb wünsche ich dir,
dass du noch Wünsche hast,
und dass sie in Erfüllung gehen,
zumindest die meisten –
und dich bestärken im Hoffen,
Sehnen und Erwarten.

Claudia Peters

ALT UND WEISE

Wünsch dir was
sagte die gute Fee

Alt und weise
möchte ich werden
und unerschrocken
Eine eigensinnige Alte
mit silbernen Haaren
ohne Strümpfe
in lila Sandalen
Und Lachfalten
möchte ich haben
Ganz viele

Anne Steinwart

WUNSCHZETTEL FÜR DAS ALTER

Eine Prise Hoffnung für jeden Tag –
trotz mancher Hoffnungslosigkeit
Ein Quäntchen Geduld für jeden Tag –
trotz manchem Hang zur Ungeduld
Ein Herz voller Genügsamkeit –
trotz mancher unerfüllter Erwartungen
Eine Handvoll Lebensmut für jeden Tag –
trotz mancher Sorgenlast
Eine Portion Gewissheit für jeden Tag –
trotz mancher Ratlosigkeit.

Ein vertrauensvolles Herz an jedem Tag –
trotz mancher Enttäuschung
Ein fröhliches Gemüt –
trotz mancher Traurigkeit
Ein dankbarer Sinn an jedem Tag –
trotz mancher Entbehrung
Ein Samenkorn Glauben für jeden Tag –
trotz manchem Zweifel

Eine tiefe Geborgenheit an jedem Tag –
in der Zuversicht:
Mein Leben ruht in einer guten Hand.

Gerhard Heilmann

Jeder, der sich die Fähigkeit erhält,
Schönes zu erkennen, wird nie alt werden.

IM HERBST DEINES LEBENS

Ich wünsche dir,
dass du im Herbst deines Lebens
nicht mehr von dem Ehrgeiz getrieben wirst,
der dich in deiner Jugend so rastlos, so besessen
deinen hochgesteckten Zielen nachjagen ließ.
Wie viele von uns haben – fast gierig –
immer wieder danach gestrebt,
anerkannt, geehrt, vielleicht berühmt zu werden.
Ein solcher Ehrgeiz, der zur Überforderung,
zur Arbeitssucht werden kann, lässt uns
vorzeitig erschöpft „ausgebrannt" werden.
Auf einer solchen, von Ehrgeiz getriebenen Leistung
ruht kein Segen.
Das wünsche ich dir, dass du jeden Tag
von neuem als Geschenk annimmst,
den es im inneren Einklang auszukosten gilt –
nicht mehr gejagt von dem Ehrgeiz
in jungen Jahren.

Barbara Cratzius

DREI WÜNSCHE FÜR DICH

Gelassenheit,
Dinge hinzunehmen,
die du nicht ändern kannst;
Mut,
Dinge zu ändern,
die du ändern kannst;
und Weisheit,
das eine vom anderen zu unterscheiden.

Nach Reinhold Niebuhr

Lebe ein gutes, ehrbares Leben!
Wenn du älter bist und zurückdenkst,
wirst du es noch einmal genießen können.

Dalai Lama

NEUEN MUT UND FRISCHE KRÄFTE

Wer die Körner wollte zählen,
die dem Stundenglas entrinnen,
würde Zeit und Ziel verfehlen,
solchem Strome nachzusinnen.

Auch vergehn uns die Gedanken,
wenn sie in dein Leben schauen,
freien Geist in Erdeschranken,
festes Handeln und Vertrauen.

So entrinnen jeder Stunde
Fügsam glückliche Geschäfte.
Segen dir von Mund zu Munde!
Neuen Mut und frische Kräfte!

Johann Wolfgang von Goethe

LOSLASSEN

Das wünsch ich dir,
dass du erfahren mögest:
Es ist nötig,
Gewohntes loszulassen,
sich von alten,
eingefahrenen Wegen
zu trennen.
Versuche,
Veränderungen anzunehmen,
Sinngebung und
neue Aufgaben zu erfahren
und jedem neuen Morgen
hoffnungsvoll
entgegenzugehen.

Barbara Cratzius

Wir brauchen viele Jahre bis wir verstehen,
wie kostbar Augenblicke sein können.

Ernst Ferstl

KEINE FRAGE DES ALTERS

Ich wünsche dir, dass du immer wieder neu
von innen leuchten kannst
aus Dankbarkeit für dein Leben und alles Schöne, was war.

Ich wünsche dir nicht,
dass du ungeschoren davon kommst,
sondern dass du die Falten und Narben
als Lebensspuren liebevoll ansehen kannst.

Ich wünsche dir, dass du immer wieder neu
auf Menschen triffst, die mit dir gehen,
dich begleiten
auch über Hürden und schwere Zeiten.

Ich wünsche dir,
dass du nicht von deinem Leben erwartest,
dass alles leicht, glatt und schön sein muss,
sondern dass du immer wieder neu spürst,
dass Hell und Dunkel zusammen
erst das Leben ausmachen.

Ich wünsche dir, dass du nie aufhörst,
neu anzufangen,
denn aufbrechen, wagen,
beginnen und lernen
sind keine Frage des Alters.

Verfasser unbekannt

EIN LEBENSPROGRAMM FÜR DAS DRITTE ALTER

Immer für jemanden da sein, immer etwas zu tun haben, darin liegt das Geheimnis, wie man alt werden und zugleich jung bleiben kann. Wer liebt, wird nicht alt.

Nicht nachlässig werden. Körper, Geist und Seele in Form halten. So wind wir weniger auf andere angewiesen.

Immer daran denken, dass andere schlechter dran sind als wir. Der beste Weg, um den eigenen Schmerz zu lindern, besteht darin, die Last anderer auf sich zu nehmen.

Schauen auf die tausend kleinen Dinge, die wir können. Jeder Tag hat seine Sonnenstrahlen: Sich bewegen können, hören, lesen, sich unterhalten, dienen, lächeln, verzeihen, beten…

Alles fernhalten, was unserem alt werden schaden kann: Müßiggang, Egoismus, Abkapselung, innerer Groll, Eifersucht, Neid.

Nicht in der Vergangenheit und nicht in der Zukunft leben. So gut es geht, den jetzigen Moment leben; er ist immer neu und voller Hoffnung.

Sich nicht aufdrängen und sich nicht verschließen. Verfügbar bleiben, für das, was wir tun können.

Mitmachen bei allem, was für ältere Leute getan wird: Für sie und mit ihnen.

Eine besondere Liebe zu den jungen Leuten haben, sich für ihre Zukunft interessieren, sie nach ihren Ideen fragen, teilnehmen an ihrem Leben und sich an die Wünsche und Freuden der eigenen Jugendzeit erinnern.

Wenn wir den jungen Menschen die Begeisterung geben können, so schenken wir ihnen das Vertrauen; werden wir zu Werkzeugen der Eintracht und des Verstehens: das ist eine große Lebensaufgabe.
Das Altwerden annehmen, mit allem, was es mit sich bringt. Die eigenen Grenzen akzeptieren. In besonderer Weise die Tugenden des dritten Alters betonen: Weisheit, Wohlwollen, Güte, Geduld, Gelassenheit, Friede.
[...]
Sich nicht unnötig beunruhigen. Gott sorgt für das Wichtigste: die Liebe. Und sie wird uns nie fehlen.
Das Alter befreit und von den Dingen dieser Welt. Es ist also an der Zeit, an das zu denken, was uns erwartet.
Nicht klagen über das Schöne, das vergangen ist; sich freuen, dass es gewesen ist; Gott danken, dass Er es uns geschenkt hat.

Grundsätze der Bewegung für das dritte Alter "Vie Montante"

WAS IST GLÜCK

Mit 80 sagen können, es war gut so,
das ist Glück.
Mit 70 alle Lieben um sich haben können,
das ist Glück.
Mit 60 eine Sache neu anfangen können,
das ist Glück.
Mit 50 mit sich und der Welt im Einklang sein können,
das ist Glück.
Mit 40 zufrieden in der Mitte des Lebens stehen können,
das ist Glück.
Mit 30 einen Platz im Leben finden können,
das ist Glück.
Mit 20 voller Tatendrang das Leben vor sich haben,
das ist Glück.
Mit 10 geliebt und gefördert werden,
das ist Glück.
Am Anfang gewollt und geboren werden,
das ist Glück.
Jahr für Jahr sagen können, es war gut so, wie es war,
das wäre mehr als Glück.

Christiane Bundschuh-Schramm

Jeder, der sich die Fähigkeit erhält,
Schönes zu erkennen, wird nie alt werden.

Franz Kafka

ABERMALS EIN JUBILÄUM

Lasst uns, ihr Freunde, ohne viel Geschrei
dem nächsten Jubeltag entgegengehen!
Die Hälfte unsres Lebens ist vorbei.
Nun gilt es noch, den Rest zu überstehen.

Nichts gleicht dem vielgeschmähten Jugendrausch!
Und Lob des Alters – nichts wie saure Trauben.
Vernunft und Reife? Brüder, welch ein Tausch,
wenn man bedenkt, was uns die Jahre rauben.

Der Adler, er verlor die kühnen Schwingen.
Der Schmetterling, er wurde korpulent.
Die Nachtigall, sie hörte auf zu singen.
Derr Löwe? Macht nun brav sein Testament.

Die Jahre ziehn, ein müdes graues Heer.
Und damals, das ist lange, lange her …

Weil alles so vergeht, was dich einst freute
und was dir wehgetan: Trink deinen Wein!
Was gestern morgen war, ist heute heute.
Was heute heute ist, wird morgen gestern sein.
Prägt euch das ein.

Mascha Kaléko

GEBURTSTAGSGRUSS

Ach wie schön, dass Du geboren bist!
Gratuliere uns, dass wir Dich haben,
Dass wir Deines Herzens gute Gaben
Oft genießen dürfen ohne List.

Deine Mängel, Deine Fehler sind
Gegen das gewogen harmlos klein.
Heut nach vierzig Jahren wirst Du sein:
Immer noch ein Geburtstagskind.

Möchtest Du: nie lange traurig oder krank
Sein. Und wenig Hässliches erfahren. –
Deinen Eltern sagen wir unseren fröhlichen Dank
Dafür, dass sie Dich gebaren.

Gott bewirke Dir
Alle Deine Schritte;
Ja, das wünschen wir,
Deine Freunde und darunter (bitte)
Dein

Joachim Ringelnatz

WÜNSCHE

Dass du leicht trägst an deinem Leben
und es dir keine Last ist wünsche ich dir
Dass du verscheuchen kannst
was sich auf deine Flügel setzt
und du täglich ein Ja sprechen kannst wünsche ich dir
Dass dich beglückt am Wegesrand was die meisten
übersehen
und deine Seele laut lacht
wünsche ich dir
von Herzen

Cornelia Elke Schray

Ich glaube, man kann im Leben
eine ganz genaue Grenze ziehen
zwischen Jugend und Alter.
Die Jugend hört auf mit dem
Egoismus, das Alter beginnt
mit dem Leben für andere.

Hermann Hesse

MEIN WUNSCH FÜR DICH:

Dass du die Erinnerung bewahrst
an jeden schönen Tag;
dass du mutig bist, wenn Schwierigkeiten kommen;
dass du nicht aufgibst,
wenn es keinen Ausweg zu geben scheint;
dass du immer Freunde hast,
denen du vertrauen kannst;
dass du immer Menschen findest, die dir helfen,
wenn du Hilfe brauchst.
Dass jede Gabe, die Gott dir geschenkt hat,
in dir weiterwächst, und dass du immer Kraft hast,
andere froh zu machen.

Altirischer Segensspruch

Altern
lernen

WAS UNS HÄLT UND TRÄGT

Gelassenheit,
wenn Vorstellungen nicht berücksichtigt,
Pläne nicht eingehalten,
Wünsche nicht ernst genommen werden.

Einsicht,
dass Stürme notwendig sind,
Fehler neue Möglichkeiten eröffnen,
Widerstand zum Denken anregt,
in Krisen eine Chance liegt,
Sanftmut weiter führt als Gewalt.

Mut,
sich an seine Grenzen vorzutasten,
Möglichkeiten zu entfalten,
zu sagen, was zu sagen ist,
zu tun, was zu tun ist,
zu sehen, wie ich bin.

Glauben
an die Kraft, die in mir liegt,
an das Gute in dir,
an den Wert unseres Gesprächs,
an den Sinn unseres Lebens,
dass Liebe trägt.

Max Feigenwinter

LERNE LANGSAM NICHTS ZU SEIN

Lerne – statt zu reden – schweigen,
fällt es dir auch noch so schwer,
ehe dir die andern zeigen:
Deinen Rat – braucht niemand mehr!
Lerne stille Wege gehen,
mag dich auch die Ruh' nicht freu'n,
eh' du weißt, wie es geschehen,
bist auch Du, ja ganz allein.
Lerne auf die Seite treten,
eh' man dich zur Seite schiebt,
Gehe, eh' man ungebeten,
lächelnd dir den Abschied gibt.
Lerne ohne Groll zu sehen,
andere an deiner Stell',
ihre Zeit wird auch vergehen,
wieder andre folgen schnell.
Lern' die größte Kunst auf Erden,
macht es dir auch schwere Pein:
Lerne mit dem Älterwerden
langsam wieder nichts zu sein.

Karl Bäumle

Jeder, der aufhört zu lernen, ist alt, egal ob das mit
zwanzig oder mit achtzig ist.

Henry Ford

ALTERN LERNEN
WIE KISUAHELI ODER SUOSKRAT

Eigenschaftswörter zuerst
weiß für die Haare
welk für die Haut
kalt für Blicke und Lippen
bitter hart allein

Dann die Wörter fürs Tun
vergeben vergessen dulden sich beugen
zurück
blicken gehen denken sehnen
zurück
lehnen auch

Hauptwörter zuletzt
allen voran: die Geduld
Der Verlust. Der Abschied. Die Trauer.
Demut.
Altern lernen
wie Muttersprache
das ABC des Verlernens.

Ulla Hahn

Man braucht sehr lange, um jung zu werden.

DAS ALTER

Das Alter ist ein höflich Mann:
Einmal übers andre klopft er an;
Aber nun sagt niemand: Herein!
Und vor der Türe will er nicht sein.
Da klinkt er auf, tritt ein so schnell,
Und nun heißt's, er sei ein grober Gesell.

Johann Wolfgang von Goethe

GESCHENKTE ZEIT

Wir ahnen nicht woher, wohin
Begrenzt ist unsre Zeit
Wir wandern lang
Wir wandern weit
Und suchen nach dem Sinn.

Geschenkt ist jeder Schritt so klein
Geschenkt ist jeder Tag
Gelebt ist jeder Stundenschlag
Wir wollen dankbar sein.

Doris Bewernitz

WOFÜR ICH UNENDLICH DANKBAR BIN

für die 1440 Minuten eines jeden neuen Tages
für die Amsel, die schon am frühen Morgen singt
für den Geruch von frischem Kaffee
für jeden Sonnenstrahl, der mein Gesicht erwärmt
für Speis und Trank, ja, Gott sei Dank
für die Hand, die mich grüßt und hält,
für die Freundin, die anruft,
für das Winken der Nachbarin über den Zaun
für jeden Grund zum Lachen
für ausreichend Arbeit
für alle unbeschwerten Momente
für das Glas Rotwein am Abend
für ein behagliches Bett und erholsamen Schlaf
für so viel mehr …

Claudia Peters

MIT DANK ERKENNEN

Lassen Sie uns hübsch diese Jahre
als Geschenk annnehmen,
wie wir überhaupt unser ganzes Leben
anzusehen haben,
und jedes Jahr, das zugelegt wird,
mit Dank erkennen.

Johann Wolfgang von Goethe

In der Jugend lernen wir, im Alter verstehen wir.

Marie von Ebner-Eschenbach

WIR WÄHNTEN LANGE RECHT ZU LEBEN

Wir wähnten lange recht zu leben,
Doch fingen wir es töricht an;
Die Tage ließen wir entschweben
Und dachten nicht ans End der Bahn!

Nun haben wir das Blatt gewendet
Und frisch dem Tod ins Aug geschaut;
Kein ungewisses Ziel mehr blendet,
Doch grüner scheint uns Busch und Kraut!

Und wärmer ward's in unsern Herzen,
Es zeugt's der froh gewordne Mund;
Doch unsern Liedern, unsern Scherzen
Liegt auch des Scheidens Ernst zugrund!

Gottfried Keller

Die Jahre lehren viele Dinge, die man von Tagen nicht lernen kann.

Ralph Waldo Emerson

OTTILIE

Es hat der ernste Gang der Jahre
Dein Antlitz leise schon gekerbt,
Und dir die dunkelbraunen Haare
Zu mattem Silber fast entfärbt.
Doch hold und schlank sind noch die Glieder,
Die du so leicht im Gange regst,
Und reich hängt deine Flechte nieder,
Wenn du sie tief im Nacken trägst.
Und Stunden gibt es, wo die ganze
Zurückgedrängte Jugend bricht
Aus deinem Aug' mit scheuem Glanze,
Der von verlor'nem Leben spricht.
Dann will es schmerzlich mich durchsprühen,
Und küssen möcht' ich deinen Mund;
Du fühlst es und mit sanftem Glühen
Erbebst du tief im Herzensgrund.
So lebt des Herbstes letzte Traube,
Vergessen von des Winzers Hand,
Mit letzter Glut im fahlen Laube,
Wenn sie ein später Wand'rer fand.

Ferdinand von Saar

Der junge Weinstock gibt mehr Trauben,
der alte aber gibt besseren Wein.

Francis Bacon

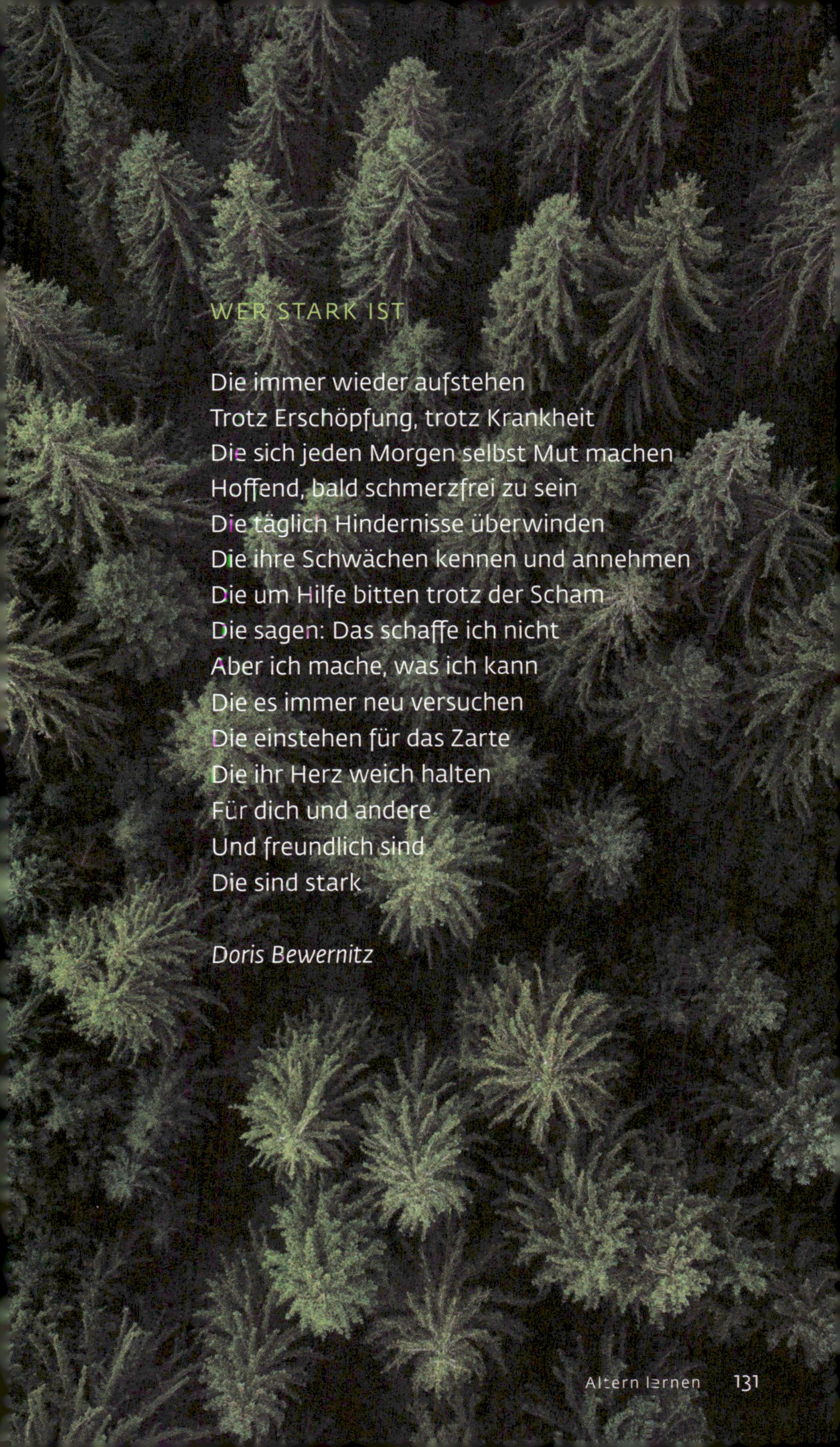

WER STARK IST

Die immer wieder aufstehen
Trotz Erschöpfung, trotz Krankheit
Die sich jeden Morgen selbst Mut machen
Hoffend, bald schmerzfrei zu sein
Die täglich Hindernisse überwinden
Die ihre Schwächen kennen und annehmen
Die um Hilfe bitten trotz der Scham
Die sagen: Das schaffe ich nicht
Aber ich mache, was ich kann
Die es immer neu versuchen
Die einstehen für das Zarte
Die ihr Herz weich halten
Für dich und andere
Und freundlich sind
Die sind stark

Doris Bewernitz

GROSS IST DER DANK

So viele Tage, so viele Jahre
So viel vom Leben gehabt und gesehn
So viel geliebt und geschafft und erlitten
So viel gekämpft und doch war es schön
So viele Tage, so viele Jahre
So viele Stunden, dein ganzes Leben
So viele Träume und so viel Erfüllung
Hat es dir immer und immer gegeben
Heut ist dein Tag, schau nach vorn, schau zurück
Groß ist der Dank und endlos das Glück

Doris Bewernitz

ENDE AUGUST

Noch einmal hat, auf den wir schon verzichtet,
Der Sommer seine Kraft zurückgewonnen;
Er strahlt, zu kürzern Tagen wie verdichtet,
Er prahlt mit glühend wolkenlosen Sonnen.

So mag ein Mensch am Ende seines Strebens,
Da er enttäuscht sich schon zurückgezogen,
Noch einmal plötzlich sich vertraun den Wogen,
Wagend im Sprung die Reste seines Lebens.

Ob er an eine Liebe sich verschwende,
Ob er zu einem späten Werk sich rüste,
In seine Taten klingt, in seine Lüste
Herbstklar und tief sein Wissen um das Ende.

Herman Hesse

BETRACHTUNGEN DER ZEIT

Mein sind die Jahre nicht,
die mir die Zeit genommen;
mein sind die Jahre nicht,
die etwa mögen kommen.

Der Augenblick ist mein,
und nehm ich den ich acht,
so ist der mein,
der Zeit und Ewigkeit gemacht.

Andreas Gryphius

Du lebst nur einmal,
aber wenn du es richtig machst, ist einmal genug.
Es bleibt uns überall noch eine Freude.

Friedrich Hölderlin

LEBENSLEITER

Wir sehen es mit viel Verdruss,
was alles man erleben muss,
und doch ist jeder darauf scharf,
dass er es noch erleben darf.
Wir alle steigen ziemlich heiter
empor auf unsrer Lebensleiter.
Das Gute, das wir gern genossen,
das sind der Leiter feste Sprossen.
Das Schlechte – wir bemerken's kaum –
ist nichts als leerer Zwischenraum.

Eugen Roth

Es ist die falsche Ansicht, das Alter als ein Vergehen,
ein Abnehmen zu betrachten.
Es ist nur eine andere Art zu sein.

Wilhelm von Humboldt

Textnachweis:
Für die Texte von **Doris Bewernitz, Christiane Bundschuh-Schramm, Hermine Geißler, Gerhard Heilmann, Jörn Heller, Inge Müller, Claudia Peters, Marion Schmickler-Weber, Cornelia Elke Schray, Anne Steinwart, Anna Tomczyk, Marion von Vlahovits** liegen die Rechte und das Copyright bei den jeweiligen Autorinnen und Autoren direkt.

Trotz intensiver Bemühungen konnten nicht alle Rechteinhaber ermittelt werden. Wir bitten diese daher um Verständnis, wenn wir gegebenenfalls erst nachträglich eine Abdruckhonorierung vornehmen können.

Mit weiteren Texten von:
Rose Ausländer: S. 58, 90, aus: dies., Ich höre das Herz des Oleanders. Gedichte 1977–1979, hrsg. von Helmut Braun, © 1984 S. Fischer Verlag GmbH, Frankfurt a. M.
Karl Bäumle: S. 123 © Norbert Bäumle.
Martin Buber: S. 72, aus: ders., Schriften zur Bibelübersetzung © 2012, Gütersloher Verlagshaus, Gütersloh in der Penguin Random House Verlagsgruppe GmbH.
Barbara Cratzius: S. 107, 110 © Michael Cratzius.
Wolfgang Dietrich: S. 43 © Wolfgang Dietrich Erben.
Hilde Domin: S. 98, aus: dies., Sämtliche Gedichte. hrsg. von Nikola Herweg und Melanie Reinhold, © 2009 S. Fischer Verlag GmbH, Frankfurt a. M.
Heinz Erhardt: S. 23, aus: ders.: Die Gedichte. Mit Illustrationen von Jutta Bauer. © 2015 Lappan in der Carlsen Verlag GmbH, Hamburg.
Max Feigenwinter: S. 122, aus: ders. Jeder Tag ist dir geschenkt © 2024 Verlag am Eschbach, Verlagsgruppe Patmos in der Schwabenverlag AG.
Robert Gernhardt: S. 87, aus: ders., Gesammelte Gedichte. 1954-2006, © 2008 S. Fischer Verlag GmbH, Frankfurt a.M.
Albrecht Goes: S. 21, aus: ders., Gedichte. © S. Fischer Verlag GmbH, Frankfurt am Main 2008.
Ulla Hahn: S. 82f, 88, 124, aus: dies., Gesammelte Gedichte © 2013, Deutsche Verlags-Anstalt, München in der Penguin Random House Verlagsgruppe GmbH.
Peter Härtling: S. 97, aus: ders., Gedichte, © 2001, Verlag Kiepenheuer & Witsch GmbH & Co. KG, Köln.
Hermann Hesse: 45, 68, 92-95, 118 aus: ders., Mit der Reife wird man immer jünger. Betrachtungen und Gedichte über das Alter. Herausgegeben von Volker Michels. © Suhrkamp Verlag Frankfurt am Main 1990. Alle Rechte bei und vorbehalten durch Suhrkamp Verlag AG, Berlin; S. 133: aus: ders.: Sämtliche Werke in 20 Bänden. Herausgegeben von Volker Michels. Band 10: Die Gedichte. © Suhrkamp Verlag Frankfurt am Main 2002. Alle Rechte bei und vorbehalten durch Suhrkamp Verlag AG, Berlin.
Hanns-Dieter Hüsch: S. 46-48, Mit freundlicher Genehmigung durch Christiane Hüsch-von Aprath aus: Edition dia Hanns Dieter Hüsch " Das literarische Werk " Bd.2 S.799.
Mascha Kaléko: S. 42, aus: dies., Verse für Zeitgenossen, dtv, 2017, München mit freundlicher Genehmigung von dtv Verlagsgesellschaft mbH & Co. KG. S. 115, aus: dies., Das himmelgraue Poesie-Album, dtv, 1986, München mit freundlicher Genehmigung von dtv Verlagsgesellschaft mbH & Co. KG.
Erika Pluhar: S. 12f, 61, aus: dies.: Lieder, Lyrik, kleine Prosa,
Günter Riediger: S. 89, aus: ders., Älter werden – jung bleiben. Erlebte Familiengeschichten, Butzon und Berker GmbH, Kevelaer 2014.
Luise Rinser: S. 59, aus: dies., Septembertag, © 2003, S. Fischer Verlag GmbH, Frankfurt am Main.
Eugen Roth: S. 80, 135 © Thomas Roth Erben.
Georg Schenk: S. 26-33, © lifta.de.
Hermann Schmider: S. 38 © Utz Gutmann.

Bildnachweis:
Fotos: iStock / borchee (Umschlag, S. 52/53, 61, 62), shutterstock / Andrea Berg (VS, NS, S. 125), iStock / DKart (S. 2/3, 131), lookphotos / Linder, Bastian (S. 4), mauritius images / Mrtwister / Alamy / Alamy Stock Photos (S. 8/9, 15–17, 20, 23), lookphotos / age fotostock (S. 24/25, 30/31, 34, 38, 43, 44, 51), lookphotos / Delimont, Danita (S. 49, 96), iStock / Jack Burden (S. 58), mauritius images / Iakov Filimonov / Alamy / Alamy Stock Photos (S. 66/67, 69, 73, 76), lookphotos / age fotostock (S. 81), iStock / Dimitar Lazarov (S. 84/85, 87, 88, 98), lookphotos / Johaentges, Karl (S. 91), mauritius images / Nino Marcutti / Alamy / Alamy Stock Photos (S. 102/103, 105, 108, 112/113, 117), mauritius images / nature picture library / Juan Carlos Munoz (S. 118), mauritius images / Westend61 / Werner Dieterich (S. 120/121, 126, 132, 135).
Grafische Elemente: iStock / NSA Digital Archive, shutterstock / Gaspar Gomes Cost, shutterstock / sabri denz kizil

Verlagsgruppe Patmos in der Schwabenverlag AG, Ostfildern
Im Alten Rathaus/Hauptstraße 37
D-79427 Eschbach/Markgräflerland

www.verlag-am-eschbach.de

Gesamtgestaltung: Angelika Kraut, Verlag am Eschbach
Kalligrafie: Ulli Wunsch, Wehr
Herstellung: Graspo CZ a.s., Zlín
Hergestellt in Tschechien
ISBN 978-3-98700-114-7

MIX
Papier | Fördert gute Waldnutzung
FSC® C010798

Gedruckt auf Nautilus classic – ein 100 Prozent recyceltes Papier aus 100 Prozent Altpapier – ausgezeichnet mit dem blauen Umweltengel, EU Ecolabel und FSC®-zertifiziert. Näheres zur Nachhaltigkeitsstrategie der Verlagsgruppe Patmos auf unserer Website www.verlagsgruppe-patmos.de/nachhaltig-gut-leben

Manufakt
Dieser Baum steht für Erhaltung unserer natürlichen Lebensgrundlagen, umweltschonende Ressourcenverwendung und nachhaltige Herstellung.
Individuell und mit Liebe gemacht.